21世紀日本文学ガイドブック⑦

田村俊子

小平麻衣子・内藤千珠子 著

はじめに

　田村俊子の作品は、現在、どのくらい読まれているのであろうか。俊子は、近代のはじめに作家になった稀有な女性であり、その収入で家計も支えた。だから、樋口一葉や与謝野晶子と並び称されてもおかしくないのだが、必ずしもそうではない。何が違うのだろうか。

　俊子は、何人もの男性を、そして女性を愛した。小説を書くだけでなく、女優であったこともあり、カナダで日系移民の労働運動にかかわったり、上海で中国語の雑誌を発行したりもした。もはや作家という枠には納まりきらない。一葉や晶子について、後世につけられたイメージには、どことなく優等生的なものがある。もちろん、本人にはさまざまな抵抗があるわけだが、それすら、一葉は貧しいなかで父なき家族を支えて夭折、晶子は創作活動の傍ら、多くの子どもを育てあげた、というような美談になりがちである。それにひきかえ、俊子の閲歴は、愛情における自由と冒険があり、カナダや中国へは、ほとんど着のままで出かけて、居ついてしまう豪胆さがある。これらは、気まぐれとも奔放とも見え、親や教員が安心して若い読者に勧められるようなイメージというわけではない。おそらくそうしたことも原因の一つとなり、流布した著名作家のリストには載らずにきたのであるが、その分、自分だけの読書の領域を探る頃に、世間の価値観と自分の齟齬に悩む人や、彼女の特異な感性を見出す人、ひとりひとりが手に取る作家となった。

　とはいえ、かくいう私も、長い間俊子を食わず嫌いだったのである。愛欲的で、過剰に〈女〉を感じさせるという、単なる先入観のゆえであった。女らしい愛嬌や色気を振りまく女性に対して、自分ではなく彼女が注目されていることを嫉妬するにしても、反対に、自分はそんなタイプと一緒にされたくないと敬遠するにしても、無関心でいられない女性は多いだろう。俊子への先入観は、それに類似したものであった。このような、女性から女性への嫌悪自体が、個人の好悪ではなく社会的なしくみであり、それによってますます女性同士の分断や、社会における女性への軽視が形作られているのだと、あとから知ることになったわけだが、読んでみた俊子作品は、新鮮であった。

そのときどきで都合よく女性らしさが求められることへの違和や抵抗と、女性文化への愛着の葛藤が複雑に語られ、またその乗りこえ方は、俊子が置かれた個別の状況に応じたもので、決して〈女の問題〉などとひとくくりにはできないものだったからである。にもかかわらず、世間の思惑通りに、またしても女の問題か、と素通りして、それぞれの女性が一から自分の苦痛に向かわざるをえないとすれば、それこそが同じ〈女の問題〉を繰り返させる残念なことである。そして、ということは、自分のふるまいと自分との間に何らかの違和感をもったことがある人なら、女性に限らず誰でも、俊子作品に何かを見出すことができるように思う。女性の気持を汲まなければならない義務は必要ない。

さて、本書をはじめるにあたり、お断りしておきたいことがある。すでに先行研究(山崎、二〇〇五)も触れている通り、俊子は、多くの名前を使い分けたアーティストであり、活動家であった。本名は佐藤俊子、作家の初期には佐藤露英の号を使い、田村松魚と結婚してからは田村俊子を名乗るが、懸賞への投稿には町田とし子を使っているし、女優時代には、市川華紅、花房露子と名を変えている。また、鈴木悦と結婚してからは鈴木俊子、カナダ時代には鳥の子、素人写真展への応募は香取咲子、『羅府新報』への執筆は優香里、中国では左俊芝、といった具合である。

大正期以降、作家が号を使用せず、本名で作品を発表するのが一般的になったこともあり、俊子のふるまいは異様なこだわりにもみえるが、それぞれの活動領域の相違のみならず、ジェンダー規範に絡んだ大きな問題を提起している。名前や号は、親や夫の「家」や、師匠という帰属先を表すこともあるし、自分でペンネームをつけ、そうした係累から脱出しようとする場合もある(高田、二〇一三)。例えば、恋人・鈴木悦との書簡のやりとりの中では、すでに別れを決めた夫である田村の姓を、俊子が使うことに対する悦の怒りがみえる。だが、作家としての認知が、既に田村俊子の名前でなされている場合、新たな名前での出直しは、プライバシーの公開という意味を持つだけでなく、その知名度の剥離という損失を引き起こす。だから、個人の問題であるだけでなく、売らなければならない出版社から、同じ名前を要請されることにもなる。女性が職業をもち、あるいは自己実現するようになると、名前の選択は単純にはなされない。それを、一つ一つ使い分けた俊子であれば、名前は重要な表現方法の一つであろう。本書でも本来は、それぞれを尊重して使用しなければならないわけだが、便宜を考え、文学作品をもっとも多く世に送り出した時期の名前として、「田村俊子」をタイトルに用い、本文ではおおむね「俊子」に統一することにする。

本書は、大きくⅡ部構成になっている。第Ⅰ部では、作家の人生を概観し、主要な作品の紹介と、研究に関連する事項の解説、研究状況の整理を行う。第Ⅱ部は、論文の形式で、主要作品を取り上げ、読解や分析の具体例を示している。それらの意図は、第Ⅱ部の「はじめに」に述べたのでそちらに譲るが、俊子の一貫した模索や達成の経緯を浮かび上がらせるというよりは、テクストへのこだわりを通して、他のテクストや状況にも開いてゆける複数のアプローチを心がけたつもりである。だから、読者の中には、すでに俊子に興味をもって本書を手に取られた方もあるだろうし、知らない作家だからページをめくってみた、という方もおいでであろうが、どこから読んでいただいてもかまわないと思う。もとより、俊子作品の全体を見渡し、また、現在までの研究を紹介するガイドブックの性質として、書ききれなかったことも多い。だが、本書が、俊子テクストの魅力の発見と、研究のヒントになればと願っている。

二〇一四年九月　小平麻衣子

凡例

・引用文の漢字や変体仮名は、原則として現在通行の字体に改めた。ふりがな、圏点は適宜省略し、ふりがなを補った場合には〔　〕で括った。それ以外は原文の通りとした。
・俊子作品の引用は、『田村俊子作品集』第一巻〜第三巻（一九八七〜一九八八年、オリジン出版センター）を原則とした。それ以外の引用の出典は、それぞれ本文中、注に示した。
・資料の引用に際しては、書名、新聞・雑誌名は『　』に、作品名、新聞・雑誌記事のタイトルは「　」に統一した。
・年代の標記は、原則として西暦を用い、必要に応じて（　）内に元号を補った。

目次

【第一部・第二部扉図版】　田村俊子（日本近代文学館蔵）

田村俊子

1

第一部　作家を知る

1 俊子の人生

一 若葉の陰に(一八八四年〜一九〇八年)

もし、作品をより良く理解するために作家の人生をひもとくとするならば、俊子の場合、どこまでを「作家」の人生として語ればよいのか、難しい。それほど、俊子の行動の幅は広く、創作を離れても、その人生に引きつけられる人は多い。

俊子は、浅草蔵前の裕福な札差の家に生まれたといわれている。祖父は芸人好きで、俊子の幼少時には芸者や落語家が家に出入りしていたという。俊子の母・佐藤きぬもまた芝居は好きで、家が次第に没落した後年は、東京の芝・烏森で、踊り、長唄、清元、常盤津、義太夫を教える五目の師匠をしていた。一方で、西洋崇拝のような「進取の気風」も持っていた(田村俊子「昔ばなし」『新日本』一九一四・一。湯浅、一九六六)。

俊子の父・真穂了賢は婿養子であった。のちに高等女学校で同窓となった樋口かつみ子の回想によれば(「半生の経歴と其の性格」『新潮』一九一三・三)、俊子は父を軍医だと言っていたようにもとれるが、瀬戸内晴美(一九六一)は、父の出自を俊子の従兄弟から聞き取っている。茨城の寺の息子として生まれ、東京の金子民蔵方を経て、佐藤家に婿養子に入った。事業好きであったという。両親はうまくいかなかったようで、俊子は母と妹と暮らすようになる。俊子は周囲の人に、いつごろのことか、一時父方に引き取られたことを語っていたそうだが、その折には父には既に別の妻と子どもがあり、俊子は身の置き所がなかったという（工藤・フィリップス、一九八二）。次第に自堕落になっていく母と父のことを、俊子は後年まであまり人に話さなかった。

「直きに泣く子で、淋しがりで、無暗と誰にでも取りついたり引つ付いたりするやうな子」で（田村俊子「予が生ひ立ちの記」『読売新聞』一九一四・六・二九）、幼少時には賑やかなことは嫌いだったようである。ただ、家庭環境か、小学校時代から踊りの稽古はした。黒岩涙香の探偵小説を耽読していたともいう（改造社『現代日本文学全集56』（一九三一）の作者自筆年譜による。以下、「年譜」）。

一八九六（明治二九）年四月、お茶の水の女子高等師範附属女学校に入学したが、一年で退学。本人は、「私のやうな貧しい平民の娘は、この贅沢な物仰々しい学校にゐられなくなつて」やめた、という（「悲しき青葉の陰」『読売婦人附録』一九一四・五・二五）。一八九六（明治二九）年一一月に世を去った樋口一葉が、中島歌子の主宰する歌塾、萩の舎で、上流階級の娘たちに囲まれて肩身の狭い思いをしたことは有名である。後年の回想だが、自らを一葉と重ねることがなかったとは言い切れまい。俊子は一葉を「私がまだ肩上げをしてゐる頃に大層崇拝して読んだものでした」と述べ、独自の視点から一葉論を展開してもいる（「私の考へた一葉女史」『新潮』一九一二・一一）。一葉の日記は、この文章の直前に博文館の『一葉全集』として初めて公刊されたが、それは一葉が「若葉かげ」と題をつけた部分から始まっている。さきほどの俊子の文章のタイトルは「悲しき青葉の陰」であり、影響が窺われる。明治三

○年代まで、一葉ほど有名になった女性作家はなかなか登場せず、彼女の文章が女性の書き手のお手本とされていた。女性が書き手として頭角を現すと、すぐに〈一葉の再来〉と呼ばれた時代だが、俊子もそのように言われたことがあり(樋口かつみ子前掲書)、思い入れはかなり強かったといえよう。

東京府高等女学校(府立第一高等女学校)に転学すると、樋口かつみ子、小橋三四子《こばしみよこ》などと同級となった。人を好きになると随分いれあげ、たとえば藤川先生を好きになると、「羽織の裏でも、紐でも、下駄の鼻緒でも皆藤色にすると云ふ風」だが、嫌いになるとすぐやめてしまうこともあったらしい(樋口かつみ子前掲書)。熱しやすさと冷めやすさは、多くの人が語る俊子の特徴である。

一九〇〇(明治三三)年三月に卒業し、翌年、創立された日本女子大学の国文科に入学。このときも、ミス・グリーンという英語の教師に熱をあげ、青葉日記と題して彼女に対する日々の思いを書き綴っていた。しかし、一学期だけで退学した。本人は、学科には興味を感じなかったと述べており、また、退学の理由は心臓病を得たからとも記している(「年譜」)。

いったいいつ頃、どんなきっかけで、小説を書こうと決心したのか、詳しいことはわからないが、一九〇二(明治三五)年四月、幸田露伴に弟子入りした。それまで尾崎紅葉に心酔していたにもかかわらず、まるで読んだことのない露伴を師に選んだのは、両者の作品が演劇化された際に、紅葉が毎日稽古に足を運び、さまざまな注文をつけていたのに対し、露伴は一切無干渉だという新聞記事を読み、露伴の人柄にひきつけられたからだという(「年譜」)。露伴の指導は古典文学を熟読させるもので、露英の号を与えられた俊子は、樋口一葉ばりの文体でいくつかの作品を発表した。デビュー作の「露分衣」(『文芸倶楽部』一九〇三・二)は、放蕩して妻を苦しませる兄を、病弱な妹が身をもって諌めようとする物語で、文体も擬古文である。その後、女性向けの雑誌などに、いくつかの小品を発表していく。

また、露伴門下で中心的存在であった田村松魚《しょうぎょ》と次第に親しくなり、婚約するまでになる。松魚は、高知県生まれ、露伴に入門してからは、将来を期待されていた。ただ、親しく過ごせたのは一年ほどで、松魚は一九〇三(明治三六)年に渡米してしまう。工藤美代子(一九五〇―)も福田はるか(二〇〇三)も、松魚が結婚の約束をどれほど本気にしていたかわからない、俊子の一方的な恋ではなかったか、と推測している。松魚は渡米に際し、どのような志をもっていたのだろうか。洋行が大きな成果になる時代であり、一方で日本からの移民を奨励する風潮もあったが、経済力に恵まれた遊学ではない。松魚は、サンフランシスコを一九〇六年の大地震で追われた後、インディアナ、ニューヨークと移動し、ウエイターをしながらの厳しい生活に身体を壊しもしたようである。帰国後は、待ち続けた俊子の愛情に打たれたものか、結婚することになる。

一方俊子は、松魚の渡米ごろには、芝居も覗くようになっていた。性質でもあるであろうが、松魚の不在や、自分の将来への不安から、何かに打ち込みたかったのかもしれない。もう一つ、一九〇二年には妹も亡くなっていたからである。亡くなった時は一四歳で、俊子が女優にしたいと思ったほど、美しく、声もよかったという(「昔ばなし」)。後の作品「美佐枝」(『早稲田文学』一九一一・五)や「暗い空」(『読売新聞』一九一四・四・九〜同年八・二九)などに登場する女性が、妹に遠くつながるのかもしれない。

一九〇五(明治三八)年の春からは、俊子は浅草区の萬年山東陽寺の離れを借りて母親と住むことになった。自立できるほどの職も身につけておらず、経済的にも不如意であったのは想像に難くない。そんな中、俊子は、この寺の住職との仲を、住職の妻に疑われ、母と共に、寺を出るはめになったという（瀬戸内、一九六二）。俊子につきまとう官能的なイメージは一旦疑って見る必要があるが、推測をたくましくすれば、女性が世を渡っていくには、男性に愛嬌を売ることも必要と思っていたのかもしれないし、聖職である僧だからこそ、その反応に興味があったのかもしれない。

　おそらくこの頃は、小説に関する悩みも深かったころである。それは、師匠である露伴の教え方からの離脱も意味した。自伝的といわれる後の小説「木乃伊《みいら》の口紅」（『中央公論』一九一三・四）では、「それほどに慕ひ仰いだ師匠の心に背向いて了《しま》はねばならない時がみのるの上にも来たのであった。其れはみのるが実際に生きなければならないと云ふほんとうの生活のうえに、その眼が知らず〳〵開けて来た時であつた」とある。俊子は、一九〇六（明治三九）年ごろから、以前の擬古文ではなく、次第に体言止めや、連用形止めなどを使い、言文一致体への模索ともいえる試行錯誤を行っていく。「3 研究のキーワード」の「文体」の項を参照していただきたいが、文体の変化は物語の内容の変化も要請する。リアルな描写を求めて、さまざまな考え方、さまざまな階層の人間が登場するようになれば、物語も、美しいばかりでは済まなくなるのである。

　前述した東陽寺住職の一件も、同じ年のことである。事実はどうあれ、創作のうえでは、「その暁」（『新小説』一九〇七・一一）として、生臭坊主と女房の自堕落な生活を描き、聖職の内幕を暴いている。東陽寺の住職を写したわけでもないだろうが、一葉の「たけくらべ」の真如の家庭をも彷彿とさせ、思い切って卑俗な会話、卑俗な人物像に統一を試みたものである。自身の作風を変えたい、切なる思いがあったものと思われる。

その悩みは相当深いものであったのだろう。同じ頃、新たな芸術を求めて、いずれも劇作家の岡本綺《き》堂《どう》、岡鬼太郎《おにたろう》、栗島狭衣《さごろも》や、劇評家の杉贋阿弥《がんあみ》を中心とする毎日文士劇に加わった。小説の執筆を思い切って離れてしまったのである。毎日文士劇は、『東京毎日新聞』の社員の文士が演じ、観客は毎日新聞の購読者や賛助員であった。第三回演劇会が、一九〇七(明治四〇)年八月一六日から一九日まで横浜の羽衣座で行われ、その演目の一つである高安月郊《たかやすげっこう》作「吉田寅次郎」で、俊子は初舞台を踏んだ。寅次郎の妹お文の役である。しかし、「新橋倶楽部で一二度下稽古しただけ」であった(佐藤露英「小説家より女優となりて初めて舞台に上りし時の所感」『婦人世界』一九〇八・一一)。遡って同年七月、第二回演劇会で同じ演目が東京の新富座で行われた際は、お文の役は大蔵由子が演じており、彼女は「寺子屋」「瓜二つ」など他の演目にも出演している。俊子は横浜でたった一つの役しか務めておらず、急遽出演者の穴を埋めた、などの事情があったようである。

ついで、一九〇七年一〇月二三日から二八日に東京座で行われた第四回演劇会では、岡本綺堂作「十津川戦記」の庄屋の娘お冬の役、翌年四月一日から新富座で一〇日間行われた第五回演劇会では、岡本綺堂作「由井正雪《ゆいしょうせつ》」、栗島狭衣「死神」で、腰元と浦田琴子をそれぞれ演じている。第六回は同年一二月一日から五日間、東京座で、山崎紫紅「その夜の石田」の巫女みすずと、「女優学校」の生徒、林春子を演じた。総じて、華々しい批評もなく、顔のこしらえや着付け、振りに古風な点があるといった批判も見受けられるが(森井、二〇〇五)、「前回よりは舞台馴れて見られる」(伊原青々園「新富座の文士劇」『歌舞伎』一九〇八・五)のように、徐々に上達していったという面も見られる。

この間、義太夫も稽古しはじめ、文士劇に加わっていた市川粂八《くめはち》(「3 研究のキーワード」「演劇」の項参照）に踊りを習い、ともに舞台にも立った（一九〇八年三月、名古屋末広座。「丹波与作」の「呼出し奴」）。練習には熱心で、踊りは、師匠の家の畳が擦り切れるほど繰り返したという。また、川上貞《さだ》奴《やっこ》（「演劇」の項参照）が一九〇八（明治四一）年九月に設立した女優養成所にも入所したが、俳優になるのではなく脚本を書くつもりと語っている（前掲「小説家より女優となりて初めて舞台に上りし時の所感」）。小説の方では、「袖頭巾」（『東京毎日新聞』一九〇七・一一・二六～一九〇八・三・一七）などを経て、「老」（『文芸倶楽部』一九〇九・四）で、かつての花魁《おいらん》と御殿女中という対照的な経歴をもち、気の合わない二人の老女を、くだけた台詞を交えた言文一致体で描いている。二人の根底にある、しみじみとした人間的同情を描き、言文一致体として、ある達成をしたものといえる。演劇の経験を踏まえながら、小説の大きな開花は、着実に準備されていた。

二　小説家としてのブレイク（一九〇九年～一九一三年）

一九〇九（明治四二）年五月、田村松魚がアメリカより帰国し、結婚した。松魚のアメリカ滞在は七年にも及び、彼が三六歳、俊子は二五歳になっていた。はじめ下谷区谷中天王寺一七番地で新生活を始め、のちに同三四番地に転居した（福田、二〇〇三）。結婚については、結局最後まで入籍はしていないともいうが、松魚は、世間でいう〈共同生活〉ではなく、媒酌もあり、三三九度も行った、「在来の日本の習慣通り」の結婚と述べている（「彼女は悪妻であった」『婦人公論』一九二〇・一〇）。

松魚が俊子との生活を追憶する頃には、平塚らいてうなどが唱え始めた〈共同生活〉の語が話題になっていた。らいてうは、結婚には個人を犠牲にする〈家〉や、男女の不平等といった旧来の習慣がまとわりついていることを嫌い、パートナーとの暮らしを〈共同生活〉と呼んだのである。これらは先進的でもあったが、当人同士の意志や恋愛による結婚が〈野合〉と呼ばれて蔑まれる風潮が、急に消え去ったわけでもなかった。

松魚は、自分たちの結婚を、こうしたものと区別する。同文献には俊子の新婚当初の日記が引用され、俊子が家事にも興味をもち、夫の言動に一喜一憂していたこと、夫に英語を習っていたことなどがつづられている。しかしながら、こうした結婚生活は、すぐに変質を遂げていく。前出の「木乃伊の口紅」では、芸術に関して譲らない二人のぶつかり合いが、特に経済的にうまくいかなかった松魚の屈折もあって、たびたび生じていたことが書かれている。そうした中、俊子の鼻っ柱の強さに対する、松魚の半ば脅しともとれる勧めにより、俊子は、大阪朝日新聞の一万号記念懸賞小説に応募するため、長編小説の執筆に着手した。幸田露伴、夏目漱石、島村抱月を審査員としたこの懸賞の一等賞金は二千円。不如意な二人の経済生活の打開には、十分な金額だった。

「あきらめ」を懸賞に応募した後、すべてを出しきったのか、不安で落ち着けなかったのか、俊子は結果を待たずに再び舞台に立つ。参加したのは、中村吉蔵(春雨)が主宰する新社会劇団である。吉蔵は、キリスト教を基底に、社会から排除される人間像を描いた小説を発表後、欧米に留学しており、帰国後は劇作に転じ、一九一〇(明治四三)年四月に新社会劇団を旗揚げした。翌年、島村抱月が文芸協会で「人形の家」を上演した際の協力者が吉蔵であるように、この時期は、留学中に見たイプセンに強く触発されている。

俊子が出演したのは、第二回公演の吉蔵作「波」(一九一〇年一〇月本郷座で上演)で、俊子が演じた音楽家花井豊子は、三〇歳を過ぎてなお一人身で、そうした生き方に寂しさを感じながらも、自分を貫くため、最後には伯爵からの求婚も退ける。イプセン「人形の家」(一八七九年)は、家庭という牢獄につながれた女性の苦悩を前景化し、毀誉褒貶含めて、たとえば『青鞜』の同人たちのような女性の受け手への影響も大きかった。吉蔵の「波」は、規模の大きさでは、演劇史上で特筆されることはないものの、それらの動きに直接つながるものだったといってよい。

「女でなければ出来ぬ役」だからと吉蔵に言われて引き受けたという経緯からも、土肥春曙《どいしゅんしょ》に「白《せりふ》の調子は、新旧両派以外に、普通に口を利くような、極自然に出すと云ふのが将来の劇に附いて行く調子」と指導されたという談話からも(「花房露子「私の扮した女音楽師」『歌舞伎』一九一〇・一一・一」)、新劇における〈女優〉概念が明確に期待された上演であった。花房露子と名も改めた。ただし、小説「木乃伊の口紅」を参考にすれば、旧来のやりかたに自負をもつ俳優と、新しい方法に基づき俳優を統括したい演出家の間に齟齬があり、また俊子自身も周囲との間に軋轢《あつれき》があったことになる。出演を辞すかどうか、松魚も巻き込んでの悶着の末、開演にこぎつけた。松魚は、ニューヨークに滞在中に中村吉蔵に会っていた。

松魚の思い出話によれば、上演後、彼女の容貌への悪評を受けて、当時としては思い切った整形手術を受けてしまったという(田村松魚前掲書)。そうした激烈な側面ばかりが強調されるが、結果として上演は、好評だった。島村抱月は、ヒロインが原作よりよい、「中心人物の音楽家に扮した女優が第一等の出来だ」と賛辞を送った(「新社会劇所感」『歌舞伎』一九一〇・一一)。

女優としての俊子を評価した抱月は、彼女が、自ら審査を務めた懸賞小説をも勝ち取ったことを、いつ知ったのだろうか。「町田とし子」の名を使って応募された「あきらめ」は、一一月一一日、その懸賞の二等当選となることが確定したのである。一等該当作はなかった。師であった露伴の、酷評ともいえる審査態度に対する複雑な胸中を、福田はるか(二〇〇三)が推測しているが、ともかくも、作品は一九一一(明治四四)年一月一日〜同年三月二一日、新聞の第一面に連載され、俊子の名前は華々しく取り上げられたのである。

同じ年、女性だけの手になる最初の文芸誌『青鞜』が創刊された。創刊号に俊子は「生血」を寄せた。『青鞜』の発起人、平塚らいてうたちは、できるだけ多くの女性を集めようとしたのである。だが、らいてうが書き残した俊子像は、「とにかく人の思惑など気にせず、なんでもずけずけいう人で、わたくしたち発起人四人を前に、「あんたたち、雑誌出すなんて、そんなことできるの、出せるかしら。だれがいったい責任をもってやっていくの?」などと、こちらの相談に乗ってくれるよりも、冷笑しているような皮肉っぽい表情で、さんざん冷やかして帰っていった」というものである。もっとも、「二度三度と会ううちに、人柄もよくわかり、むしろ気のおけないつきあいやすい人であることもわかりました」ともある(平塚、一九七一)。

俊子の作風のせいか、俊子にはわりと批判的ならいてうだが(もっとも彼女が手放しで褒めるなどということは誰に対してもない)、『青鞜』誌上や俊子の「日記」(『中央公論』一九一三・七)には、二人の交流が見える。また、『青鞜』のなかでは、後に高村光太郎と結婚した長沼智恵子や、同人から「江戸趣味」といわれていた小林哥津《かつ》にも近しさを感じていたようである。彼女の父は、明治の浮世絵版画家である小林清親。哥津自身も、小説や戯曲で、下町の女性の日常などを描いている。

『青鞜』の女性たちの活動の一部が、世間では、女性の分を超えるものとして揶揄や嘲笑と共に取りざたされ、「新しい女」「所謂新しい女」の語は流行語として、その実践の内容にかかわらず、目に立つ行動をする女性へのレッテルとなりつつあった。俊子もまた、年齢やキャリア、あるいは雑誌の傾向からしても、『青鞜』の中心的作家にはならなかったが、「新しい女」として紹介されることもあった(「新しい女　田村夫人とし子」『読売新聞』一九一二・五・六)。

坪内逍遙の文芸協会にも、一九一二(明治四五)年四月初旬に入会し、「小説家の末派で居るよりは女優の下廻りで一生を暮す方が妾《わたし》に取つては一生の満足」(「三文小説家か女優の下廻りか」『国民新聞』一九一二・五・九)と述べたが、二日で辞めている。これまでの人脈ではなく、新劇に近づいたのも、抱月との縁もあるだろうが、『青鞜』の周辺で、新進の女優として評判をとった松井須磨子や林千歳に対する競争心などもあったのかもしれない。この後、漱石門下の森田草平がイプセンの「鴨」を上場するに際して、女主人公を演じる旨が『読売新聞』一九一二年一二月二八日に見えるが、実現はしなかった。

また、この頃のエピソードとして注目されるのは、「静岡の友」(『新小説』一九一一・二)である。この作品自体は特に評判になったものではないが、府立第一高等女学校から日本女子大学国文科へ共に進学した同級生・木野村嘉代子をモデルにし、大学で将来を嘱望されていた女性が、結婚後は凡庸な女性になってしまったことを描いたものである。樋口かつみ子は、この件で俊子と嘉代子が絶交したことを伝えているが、「新しい女星」(『読売新聞』一九一三・一・六)によれば、嘉代子(結婚後は大村嘉代子)は「静岡の友」を読んで奮起、脚本を執筆し、有楽座の女優劇で上場されたという。俊子はネガティブな形であれ、周囲に影響を与えていたようだ（渡邊、二〇〇五ｂ）。

この頃の俊子の執筆は目覚ましい。自分のやりたいことをもった女性の焦りや、パートナーの男性へのいらだち、女性同士の間に密かに交わされる濃い愛情や、男性の愛撫に感応する身体への慈しみと違和感など、作品には幅がある。俊子は、ともすれば自分から迎合もしてしまう、習慣や愛着とも分ちがたい日常的な抑圧を、「微弱な権力」（『文章世界』一九一二・九）といううまい言葉で言い当てたが（黒澤、一九九五）、松魚との間に日に日に高まる軋轢さえ、作品として昇華させたのである。毎月、いくつもの雑誌に俊子の名が踊った。雑誌『新潮』では一九一三（大正二）年三月に俊子の特集を組み、森田草平や相馬御風が俊子の人となりや芸術を語った。『中央公論』の一九一四（大正三）年八月の特集では、松魚をはじめ、岩野泡鳴や徳田秋聲が語る。こうした大きな雑誌で特集を組まれた女性作家は、そうはいない。

三　転機（一九一四年〜一九一七年）

一九一四（大正三）年四月、『読売新聞』が紙面を拡張し、「婦人附録」欄を新設するにあたり、与謝野晶子とともに俊子を執筆陣に迎えた。「婦人附録」の主任は小橋三四子。女学校と日本女子大学での同窓生である。すぐに「暗い空」（一九一四・四・九〜八・二九）という長編を連載した。しかし、この頃には既に、自分の書くものに対する不安が萌していたのかもしれない。前掲「日記」には、人に宛てた手紙の引用として、「私はもう何も書きたくない。書くことが厭になりました。（中略）私の書くものは簪の摘み細工と同じもので、唯小器用な細工品に過ぎない。何て生命のない仕事でせう」とある。

また「一日一信」(『読売新聞』一九一四・五・一)には、ある人に「お前の書くものはすつかり荒んでしまつた」と言われて泣き悲しんだことが書かれている。事実、「暗い空」は、最初こそ、これまでの俊子らしい華やかな芸術界や、女性同士の関係性が描かれているが、中途からは、職業上の困窮や、落魄した父の帰還をめぐって姉妹の確執が起こるなど、社会事情にも目配りした深刻なテーマに変わっている。これまでとは異なった作風を開拓しようとしたのである。だが当人にとって意欲作でも、読者のもつ作者のイメージを裏切れば、失望に迎えられることはある。この作品もさほどの評判にはならなかった。

これらの原因にあたるのか、これらがきっかけとなったのかはわからないが、俊子の人生を大きく変える鈴木悦との出会いもあった。鈴木悦は、愛知県出身で早稲田大学を卒業した。在学中に郷里の幼馴染、彦坂かねと結婚している。俊子には、松魚の『萬朝報』時代に同僚として紹介されており、今は『朝日新聞』の記者となっていた。悦との関係は、出会ってからすぐに恋愛に発展したというわけでもなさそうである。たとえば「炮烙《ほうらく》の刑」(『中央公論』一九一四・四)は、主人公の龍子《りゅうこ》が若い男性と親密になったことが夫に知られながら、夫の執拗な暴力を受けても決して謝らず、自分の行為に対する強い意志をもつ一方、夫への愛着も絶たない、複雑な胸中を描いた作品である。主人公女性の論理をめぐって、平塚らいてうと森田草平という、かつて心中事件で世間の注目の的となった二人の間で、因縁ある論争が繰り広げられたことでも知られるが、松魚の「彼女は悪妻であつた」には、悦とは別の青年との間に、類似の事件が実際にあったと記されている。

他にも、彼女が中村吉衛門に度を超えた好意をもっていたために、松魚と大きな喧嘩になった(湯浅、一九七三)。俊子が役者買いをするというのは、周囲の興味本位の噂に過ぎないかもしれないが、類似の事実はあったわけで、俊子の生活は、はた目から見ても退廃したものとなっていた。悦との関係以前に、松魚との関係が、行きつくところまで行きついていたのである。愛憎の入り交じった関係であればこその離れがたさは、余人には推測することが不可能なものである。これらの刺激が、むしろ松魚との関係をつないでいったのかもしれないが、その関係は凄惨であった。

松魚は、本業の方でなかなか日のあたる場所に出ることができず、ようやくありついた『萬朝報』の仕事も追い出される形になり、その後は、俊子の収入をあてに、木彫りに打ち込んだり、骨董店「微笑堂」を開いたりしている(福田、二〇〇三)。妻に寄生するダメな亭主というイメージを周囲がもっていただけではなく、当の本人もエッセイなどで、そうした自らの位置を語った。家庭運営の事情はさまざまであるとはいえ、当時、男性は一家を養うべきとのプライドを強く持っていた。そうした中で、松魚の口ぶりには、韜晦《とうかい》も皮肉も見えながら、己の位置に超然とはしていられない苛立ちがあり、それは勢い、俊子に向けられることもあったのであろう。松魚が骨董店を開いた一九一六(大正五)年には別居するようになったという。

悦は、すでに近所に下宿を移していたが、俊子のところに頻繁に出入りするようになったのは、一九一七(大正六)年春くらいだという(湯浅、一九七三)。小説「破壊する前」(『大観』一九一八・九)では、主人公の道子は、悦とおぼしきRに、「今まであなたの為て来た仕事の上には霊《たましい》がなかつた」と断じられて自らの遊惰や放縦を精算し、「ほんとにいゝ生活」に向けて一歩を踏み出すことになる。悦の理想主義的な性格がよく言われるが、時代としても、この頃には、評論家の赤木桁平《こうへい》の文章をきっかけに、享楽的な文学を断罪する遊蕩文学撲滅論が起こり、文壇は人格的な高みを目指す方向へシフトしていた。これまでのような作風に、自信をなくすこともあったであろう。

この恋愛関係が高じ、一九一七（大正六）年一二月、執筆のため逗留していた熱海の宿から、そのまま家を出てしまった（「田村俊子女史突然家出す」『時事新報』一九一七・一二・二九）。松魚がその当時のことを書いた小説「歩んで来た道」（『やまと新聞』一九一八・四・一二〜同年七・五）によれば、退廃した生活で借金も膨らんでおり、それらも踏み倒す形になったようである。転々としていたが、翌年、青山隠田に移り、悦と同棲した。悦は、妻とまだ離婚していなかった。文壇からも身を隠すようなくらしは、すぐに金銭的な行き詰まりを迎えた。趣味の千代紙人形を近しい人たちに買ってもらって生活をつないでいた様子が、小説家で劇作家の岡田八千代「紙人形」（『読売新聞』一九一八・五・一九）に見え、この友人の筆の意地悪さに、俊子は激怒した。

四　カナダからアメリカへ（一九一八年〜一九三五年）

一九一八（大正七）年五月三〇日、悦が、カナダのバンクーバーの邦字新聞『大陸日報』に招聘され、一人でカナダに渡った。俊子は後を追うべく、原稿を書き、旅費の工面に心を砕いた。「破壊する前」は、ついに田村姓を捨てて、旧姓の佐藤俊子で発表していた。二人が離れている間の日記と、大量の書簡は、『田村俊子作品集』で読むことができるが、俊子の日記には、「愛する人！」の呼びかけが、何度使われているかわからないほどである。

「闇の中に」（『中外新論』一九一八・一〇）を小説としては最後の作品として、一〇月一一日、俊子はわずかな友人に見送られ、横浜から墨西哥丸《メキシコ》でカナダへと旅立った。カナダにおける俊子の生活は、工藤美代子、S・フィリップス(一九八二)に詳しく、本章の情報も、多くはそれに拠っている。悦は、『大陸日報』の編集者を務める間にも、日系移民の労働問題に関心をもち、日本人労働組合結成運動のリーダーとなる。当時のバンクーバーにおける日系移民は、人種的な差別や、安すぎる賃金で働くことから、白人労働者から排斥された。また特に、労働者が決起したストライキの際、参加せずに働き続けたことで、同じ黄色人種である中国系移民からも孤立するなどの状況にあり、悦は労働者たちの自覚を高める必要性を痛感していった。

ただ、俊子にとっては悦以外の目的があるわけではない。当初は、異国における生活になじめなかったようである。文学的な執筆活動も、「私は過去の生活を捨てると共に、筆も捨てました」という通り(「内田多美野《たみの》さんへお返事」『新女苑』一九三七・二)、『大陸日報』に鳥の子のペンネームで詩や俳句などをぽつぽつ発表しているばかりである。しかし、「自ら働ける婦人達に」(『大陸日報』一九一九・八・九)、「自己の権利」一・二(『大陸日報』一九一九・八・三〇、同年九・一三)など、女性たちに呼びかける論説を発表し始める。また、少し後のことになるが、シカゴのフェミニストであるフロイド・デルの『機械時代の恋愛』(先進社、一九三二年)の翻訳者に、中島幸子とともに名を連ねている。詳細はわからないが、アメリカ滞在経験があり、『青鞜』にも影響を与えた社会学者・山田嘉吉と、その妻で婦人運動家の山田わかが、中島との共通項と考えられるので、翻訳にどの程度関与したかはともかく、北米を通じた人脈の広がりを想像することも可能である。もはや作家とはいえないかもしれないが、国家やエスニシティも含めた社会的な問題へと、目も手も動かしていく彼女は、人間として興味深い。それらは悦の活動に寄り添うものであったが、一方で、次のような書簡には、女性たちに語りかけなければならなかった必然を窺うことができる。

鈴木は相変らずで、私たちの愛の上には何の変化もありません――が私は男との同棲生活は日本へ帰つたら其れ以後御免蒙るつもりです。（中略）今時に異性に対する私の批評は一層深刻となり、厘毛も許す事の出来ない一事を見出してゐる。私は結局男性と戦ふやうな人間に出来てゐる。（中略）私一個の上に芽を出した問題は全婦人への参考として解決しなくちやならない責任を感じてゐます。

（湯浅芳子宛、一九二二年一〇月三一日付書簡）

一九二三（大正一二）年三月、俊子と悦は、合同教会の赤川美盈《よしみつ》牧師によって、結婚式を挙げた。悦の妻かねとの離婚がようやく成立したからともいい、また入籍直後にアメリカ旅行をしていることから、当時アメリカの移民法が厳しくなり、単身女性では入国しにくかったゆえの処置ともいう。アメリカ行きは、『新世界新聞』副社長の山県太郎一の招きによるもので、『新世界』に入社、執筆するためであった。バンクーバーでは、日本婦人の知識や教養を高めるために、講師を招いて話を聞く「通俗講話会」が、俊子の主唱によって実現し、順調に回を重ねていた。俊子がこれを放り出してまで出かけたところを見ると、自身の境遇について、何らかの打開の必要性を強く感じていたのであろう。俊子には、落ち着いた、しかし展開のない生活には安住していられないところがある。

しかし、すぐにバンクーバーに戻った。その地に残った悦は、大陸日報社を辞し、労働組合の新聞『日刊民衆』の創刊に力を尽くしていたが、離れて暮らす俊子に、嫉妬や疑いの手紙を書くようになったからである。とはいえ、金銭的にも苦しい『民衆』を、俊子はよく手伝った。一九三〇(昭和五)年には、労働組合婦人部の部長にも就任し、一九三二(昭和七)年に悦が一時帰国した際などは、俊子が『民衆』の中心的役割も果たしていたという。だが、なんということだろう。悦は、帰国中の一九三三年九月一一日、郷里の豊橋で盲腸炎が急激に悪化し、手術の甲斐もなく急逝した。日本では、他の女性と同棲していたという話も伝わっているが(瀬戸内、一九六一)、俊子に宛てられた手紙には、カナダで関わった運動や、まして俊子と決別するような決意は見受けられない。

俊子の悲しみは大きかった。悦との思い出深いバンクーバーにはいられず、三ヶ月後、ロスアンゼルスに向かった。かつて知り合った女優の山川浦路《うらじ》を訪ねたが、浦路も、夫でハリウッド映画にも出演した俳優・上山草人《かみやまそうじん》とはすでに別れて奮闘しており、あまり頼ることも出来なかった。『羅府新報』というその地の邦字新聞に寄稿したりしているが、自身の活動ははかばかしくない。工藤美代子(一九八二)は、周囲の人への聞き取りから、中山という実業家の世話になっていたのだと述べている。結局、一九三六(昭和一一)年二月、いったんバンクーバーに戻った後、翌三月、日本に向けて船出した。カナダでの生活は、既に一八年間に及んでいた。

五　上海での最期(一九三六年〜一九四五年)

一九三六(昭和一一)年三月三一日、俊子は日本の地を再び踏んだ。劇作家・小説家の長谷川時雨や、岡田八千代らとの交友も復活し、作家の宮本百合子や佐多稲子らと接近した。俊子は、カナダ時代を次のように振り返る。

私の大きな体験は、自分を下層の社会に落し込み、そこから上層の社会を広く眺めるところの、この生活意識でした。これは私を確に人間らしい人間に変へました。この社会層には文学もなければ、芸術もありません。人間が如何にして食べ、如何にして働き、如何にして生活するかの、これだけです。（中略）そしてこの新らしい境涯が私に新らしいものを学ばせ、新らしい知識を養はせ、新らしい思想を得させました。

（前掲「内田多美野さんへお返事」）

作品も書きだした。「佐藤俊子」名義で発表された「小さき歩み」（『改造』一九三六・一〇）、「カリホルニア物語」（『中央公論』一九三八・七）、「侮蔑」（『文藝春秋』一九三八・一二）などは、日系二世の苦悩を主題にした作品である。主題もさることながら、表現方法も、意味を感覚的イメージに溶かしこんだ以前の書き方とは、だいぶ異なるものである。積み重ねてきた経験を客観視し、ドライな事実として提示しようとした作品は、短編とはいえ、読みごたえがある。「日本婦人運動の流れを観る」（『都新聞』一九三七・六・一三〜一九）など、理に傾いた論説も書いた。だが、すでに日中戦争を戦っていた日本の文芸事情との齟齬や、〈田村俊子〉時代のイメージとのギャップによるものであろう、さして評判にはならなかった。それどころか、このころには、俊子の人格を貶めるような証言も多い。

一九三七(昭和一二)年、母きぬが亡くなった。死に目に間に合わなかった。「母の死骸の前で泣かないって悪口いうのがいたの。人前で泣けるような悲しみだと思っているんだろうか。」と、親しくしていた社会評論家の丸岡秀子には語っている(丸岡、一九七七)。執筆活動がうまくいかなければ、経済的にも苦しくなる。この頃、小説家の吉屋信子や、丸岡秀子など、友人からは借金をする状況であった。それでいて、気ままなところがあった。丸岡などは、知り合いに、俊子がある私立大学の時間講師をできるように頼み、何ヶ月か経って教授会も通ったにもかかわらず、俊子から簡単に断わられたという。

また、佐多稲子の夫で、文芸評論家である窪川鶴次郎との恋愛も、周囲の俊子への反感に拍車をかけた。しかし、かつて個人的な生活を貪欲な社会的上昇の原動力にした頃とは、状況が違う。その恋愛を描いた「山道」(『中央公論』一九三八・一一)の発表は、恋愛の終わりと共に、俊子が文壇から去ることを意味していた。丸岡が受け取った手紙にも、窪川との恋愛が、現代の知識を吸収させてくれた感謝とともに、その苦しい恋愛のために勢力も時間も感情も浪費したことが振りかえられている。そして、今や自分の生活を取り返し、「私は勉強がしたい、勉強しなくちゃならない、書かなくちゃならないといふいっぱいなもので追ひまくられてゐるやうな気持ち」でいるとある。

一九三八(昭和一三)年一二月、中央公論社の特派員として、中国へ旅立った。だれにも相談もせず、一人できめたという。盧溝橋事件から間もなく、戦火は広がり、上海は日本の占領下におかれた。従軍する作家も増えてくるが、特にこの年は、吉屋信子が『戦禍の北支上海を行く』(新潮社、一九三七年)を上梓し、林芙美子は『毎日新聞』の特派員として南京陥落に立ち会った。翌年には、ペン部隊として、多くの有名作家が招集されることとなる。それらのペンによる貢献は、終戦後、戦争責任を問われることになった。だが、特に女性にとって、国家への貢献は、男性と同等な働きと名誉を得る好機としてとらえられてもいた。しかも、戦争は、女性の移動を可能にする。俊子も、売れっ子作家である吉屋や林を横目で見ながら、浮かび上がる瀬を掴もうとしたのかもしれない。

上海から南京、揚州、蘇州、杭州を回り、上海へ。青島、天津から北京へ。「中文で私の観た部分（警備、治安、文化）」は、今のところ掲載されたか不明な原稿だが、軍の御膳立てで歩いた旅の詳細がわかる資料である（「3 研究のキーワード」「自筆原稿・書簡」参照）。この中国の旅も、当初は一～二カ月と予定していたようだが、結局再び日本へは戻らなかった。一九四二（昭和一七）年、北京から南京へ移動し、草野心平に会い、南京日本大使館報道部に斡旋してもらい、上海に赴く。そこで報道部の援助を受け、出版社と書店を経営していた名取洋之助ともに、五月、華語女性雑誌『女聲』を創刊する。この詳細は、「3 研究のキーワード」『女聲』、「4 研究案内」の解説に譲る。

中国語の出来ない俊子を手伝っていた関露が、実は日本共産党の地下党員から情報収集するためのスパイであったことは、俊子もうすうすは知っていたようだ。軍の許可がなければ雑誌の発刊も用紙の購入もできなかった時期である。『女聲』は、日本の傀儡《かいらい》政権である汪兆銘（汪精衛）政権の宣伝誌として、日中の婦人の交流を目的としていた。むろん、そうした枠組みには従っている。だが、何かの実現は、つねに状況とのネゴシエーションの中でしか起こらない。俊子のこだわりと関露の複雑な意図によって、『女聲』は、中国の女性たちに自立を呼びかけ、創作を発表するユニークな場となった。

一九四五（昭和二〇）年四月一三日の夜、黄包車の車上で脳溢血に見舞われ、昏倒した。中国の文人、陶晶孫の晩餐に招かれた帰り道であった。病院に運ばれるが、そのまま昏睡を続け、一六日、遂に亡くなった。享年六一歳。終戦まで、あと数カ月である。遺骨は死後十年を経て日本に返還され、友人たちによって鎌倉にある東慶寺の墓に納められている。

（小平）

2　作品案内

ここでは、俊子の主要作品を解説する。生涯前半の活躍期からは、職業と家庭の両立、男女の相剋、同性の恋、レイプ、性の商品化、階級など、ジェンダーやセクシュアリティの問題の多様性が表れた作品を選んだ。後半からは、人種、エスニシティ、移動を扱ったものをとりあげる。読みやすい文庫本や『田村俊子作品集』に収録されているということにはこだわらず、研究における新たな観点から重要と思われる作品も加えている。

あきらめ　一九一一（明治四四）年一月一日〜同年三月二一日、『大阪朝日新聞』

『あきらめ』（金尾文淵堂、一九一一年）、『あきらめ』（植竹書院、一九一五年。三陽堂*、一九一五年）所収。

第二部「5　初出「あきらめ」と化粧品広告——女性作家をブレイクさせるジェンダー力学」参照。

生血　一九一一（明治四四）年九月、『青鞜』

『紅』（桑弓堂、一九一二年）、『あきらめ』（植竹書院、一九一五年。三陽堂*、一九一五年）に所収。

朝の宿屋で、ゆう子がぼんやりと金魚鉢を眺めている。男と肉体関係をもった翌朝なのだ。「仕方がないぢやないか。」という男の声。ゆう子は突然、金魚鉢の中から憎いもののように金魚を掴みだし、「目ざしにしてやれ。」と、自分のピンで金魚の目玉を刺し貫いて殺してしまう——。

金魚が美しく愛らしいだけに、向けられた狂気と憎悪の強さは衝撃的である。何がゆう子を駆り立てるのか。ゆう子が金魚に名前をつける「紅しぼり——／緋鹿の子——／あけぼの——／あられごもん——」とは、着物に関する語彙であり、その瞬間、金魚は、女性を象徴するものとなる。ゆう子を衝動に駆りたてるのは、その生臭い金魚の匂いに、「男の匂ひ」を感じたことである。

おそらく、ゆう子は男性と関係を持つのは初めてである。ゆう子は、金魚を突いたとき、自分の指先も傷つけ、「ルビーのやうな小さい血の玉がぽつりとふくらんだ」。とすれば、この血は、昨夜の処女喪失の血を象徴しているといってよいだろう。「毛穴に一本々々針を突きさして、こまかい肉を一と片《ひら》づゝ抉《えぐ》りだしても、自分の一度浸つた汚れは削りとることができない」と、決定的な変化をけがらわしいものと思っている彼女にとって、金魚への攻撃とは、自分自身への懲罰でもある。空を映して白や銀に光る水の中に泳ぐ金魚と、光る鏡の面に赤い下着を乱して座っているゆう子は、重なり合うイメージとして描かれているからである。だから、男だけを憎んでいるわけでもない。二人が関係を結んだいきさつは書かれていないが、そもそも宿屋という状況から、男の一方的な凌辱であったともいいきれない。生臭い匂いは、そもそも金魚自身の匂いでもあるのである。

宿屋を出てからも、ゆう子は、自分から男を離れることができない。所在ないまま、浅草の町をぶらつくと、繰り返し現れるのは、赤と白のイメージの交錯である。ゆう子の、赤土で染まってしまった白い足袋に対して、無邪気な雛妓《おしやく》たちの素肌は白々と輝き、気休めにはいった見世物小屋では、「赤い顔におしろいを塗つた女の子」が「紅白に綯《な》つた輪」で芸を見せる。傘回しの娘は、手甲も脛当ても足袋も白い。純粋な白、赤さを隠そうと上塗りされる白、ゆう子を取り囲む世界は、何もかも、意味づけせずに素通りできないものに変貌を遂げていた。また燃え立つ赤色は、懲罰としてその身を焼きつくす炎の徴ともなり、ゆう子は自分に「日光に腐乱してゆく魚のやうな臭気」をかぐ。しかしながら、結局、男と別れることもせず、丸一日が過ぎてしまう。また昨日と同様な夜を迎えてしまうかのようである。

タイトルは、見世物小屋での「蝙蝠《こうもり》が、浅黄繻子の男袴を穿いた娘の生血を吸つてる生血を吸つてる——」という幻想を示唆するものの、それがどのような意味を秘めているのかは、問題含みである。ゆう子は、自分が判断を迫られていることを恐れながら、一方では明確な判断から遠ざかるために、イメージの中に立てこもっている。男性との肉体関係をどのように考えるべきか、判断は読者に委ねられているかのようである。このように、デリケートな問題についての問題提起が可能なのも、読者として理解力のある女性を想定できたからであろう。その意味で、『青鞜』に載ったことの意味も、小さくはない。

（小平）

■参考文献
黒澤亜里子（一九九五）
鈴木正和（一九九六）
山崎眞紀子（二〇〇五ａ）

離魂

一九一二（明治四五）年五月、『中央公論』

新潮社刊行の『誓言』（一九一三年）に所収。

少女が身体におぼえた性的な感触を、独特の文体で描き出した短篇である。病気で踊りの稽古を休んだお久のところに、友達の茂吉が訪れる。この頃のお久は、自分の肌の匂いや身体から漏れだすぬくもりがなつかしいものに感じられ、「自分の、色の白い先きの丸い手の指をしみ〴〵と眺めて、自分ながらそれが何とも云へず可愛らしくな」るような、甘い陶酔を覚えている。そんな「いたづら事」の延長で、自分の指と茂吉の指を組み合わせたり、茂吉の濡れた唇をやわらかく突いたり、茂吉の顔を両手で挟んで締めつけたりと、お久は接触の遊びをたのしむのだった。その茂吉は、周囲からは「緞帳《どんちやう》役者の忰《せがれ》」「乞食芸人」と蔑まれ、「何所ともなく臭い」と苛められているのだが、お久にとって彼の匂いは不快ではなく、むしろ匂いに誘われて「手を触れないではゐられなく」なる。「自分の指と茂吉の指が絡んだり縺《もつ》れたりしてゐる感覚がいつまでもお久の指先の神経にひゞいてゐた」。一方で、髪結いに「臭気《にほひ》のする髪をとかして貰つてゐる下女」のおうめは憎らしく、吐き気をもよおしてしまう。こうした鋭敏な感覚は、初潮を迎えた身体の不安定さとして描かれており、テクストの後半では「年老《と》つた男」に呼ばれる夢をみるお久は夢遊の状態に漂う人となる。

お久の状態は、医者から「矢つ張り血の道見たいな」眩暈であると診断されている。月経のイメージを強調された女性身体が、境界の揺らぐ危うくおぞましい身体として描写されて病と接続することは、アブジェクシオン（クリステヴァ、一九八〇）の表象に連なっており、女性差別の様式を引用したものと分析できる。だが、テクストの末尾には、「離魂」の状態にある「お久の身体」が「井戸の前でおうめの手に確《しつ》かりと抱きすくめられてゐた」という叙述があり、境界が溶融した少女の身体を、その少女から嫌悪を向けられた女性の身体が受け止めるという表象上の両義的なドラマを読み取ることができる。この表象上のドラマを、下位区分化された茂吉の身体に寄せるお久の執着や、身体のもつジェンダー構造とかかわらせて考察することもできるだろう。

（内藤）

女作者　一九一三（大正二）年一月、『新潮』

『誓言』（新潮社、一九一三年）、『春の晩』（鈴木三重吉、一九一五年）、『あきらめ』（植竹書院、一九一五年。*三陽堂、一九一五年）、『女作者』（新潮社、一九一七年）所収。

第二部「7「女作者」論――テクストに融ける恋する身体」参照。

木乃伊《みいら》の口紅　一九一三（大正二）年四月、『中央公論』

『木乃伊の口紅』（牧民社、一九一四年）、『あきらめ』（植竹書院、一九一五年。*三陽堂、一九一五年）に所収。

芸術に関するそれぞれの自負のために、家庭の中での男と女のバランスを欠いてぶつかり合う人物たちは、俊子のいくつかの作品に描かれている。「木乃伊の口紅」も、その一つとして、また、「あきらめ」を書く前後の俊子自身の実体験が織り込まれていることでも有名である。

夫の義男は作品が世間に受け入れられず苦悩するが、みのるは、世の妻のように慰藉を与えない。しかし、みのるが執筆や売り込みの苦労を退けて高尚な論だけを述べることを、義男は女だとして軽蔑する。「女の前にだけ負けまいとする男の見得と、男の前にだけ負けまいとする女の意地とは、僅の袖の擦り合ひにも縺れだして、お互いを打擲《ちやうちやく》し合ふまで罵り交はさなければ止まないやうな日はこの二人の間には珍らしくなかつた」。義男は、みのるが女らしい情緒を芸術だと感じているのを軽蔑するが、かといって、彼女が人前に出るなら女性としてとびきりでなければ、己の顔がつぶれると思い、また、彼女の仕事が形になりかけると、その幸運や男性との交際に嫉妬する。女性が仕事をし始めた時の、男性の矛盾した反応のパターンが盛り込まれている。

　みのるの〈自覚〉という、女性の側の達成に主題があるかにみえるが、〈自覚〉の内実は描かれないため、男性からの批判が完全に相対化されるわけでもない。結末は、男と女の木乃伊が、上下に重なり合ってガラスケースに収められており、その女の木乃伊の口紅が真っ赤だったという、みのるの夢で閉じられる。いかようにも解釈できる象徴的なシーンに結末を預けることで、男女の闘争の決着は先送りされているといえるだろう。闘争に終わりがない現実を示したともいえるが、一方では女性の主張としては曖昧であるともいえる。しかし、後者を、テクストのパフォーマンスという面から考えることも必要である。

　このテクストに織り込まれるのは、反発して縁遠くなっていた小説の師匠との再会、義男に脅迫されての懸賞小説への応募、その後女優としての舞台参加、懸賞への当選、それらをきっかけにした人脈の広がりなどである。モデルを探せば、師匠である幸田露伴、中村吉蔵(春雨)の新社会劇団への参加、また、俊子のデビューにかかわった島村抱月や森田草平に行きあたる。当選の内幕を適度に曝しつつ、各方面に配慮するバランス感覚は、このテクストによって〈田村俊子〉のイメージをどのように作り、文壇での位置をどう作るか、という戦略的なものでもあるのである。

（小平）

■参考文献
関谷由美子(二〇〇五)

炮烙《ほうらく》の刑

一九一四(大正三)年四月、『中央公論』

『木乃伊の口紅』(牧民社、一九一四年)のほか、『あきらめ』(植竹書院、一九一五年。三陽堂*、一九一五年)、『女作者』(新潮社、一九一七年)等にも収録された。

　龍子と夫の慶次、宏三という青年の間の三角関係が描かれた作品である。龍子は夫に対する強い執着をもちながらも、宏三を愛してしまった。その事実を夫の慶次に知られ、夫婦の間には暴力を伴った激しい争いが生じる。龍子は青年を愛しながらも夫への愛が変わらずあることが「真実」だと主張するが、慶次は「淫婦の戯言《たはごと》」「罪悪」だと指弾する。だが、「罪悪ぢやない。決して私はあやまらない。私はあなたに殺される。殺して下さい。殺して下さい。」と龍子は激しく反抗する。

慶次が自分を殺そうとしている、と思い込み、龍子は朝鮮の父のもとへ逃げようとも考えるが、家を出た彼が自分に書き残した手紙には、別れて東京を去る旨が記されていた。龍子は慶次を追い、日光行きの汽車に乗る。旅先では再び二人の思いがすれ違い、龍子は一足先に東京に戻ることになるが、宏三への恋は次第に稀薄となり、末尾では「汝《おまへ》が云つた通りに焼き殺してやる。」という慶次の台詞が幸福に輝く青い空を背景として示される。

龍子の主張は、家父長的な結婚制度、男女の対関係を前提とした恋愛のシステム、ホモソーシャルな制度、強制的異性愛制度など、性愛をめぐってはりめぐらされた種々の社会システムを積極的に逸脱してみせるものとして読解されなければなるまい。龍子のふるまいを「制度への反逆」と位置づけた長谷川啓は、作中の恋愛関係は自由意思をめぐる争闘として描かれており、夫からも恋人からも精神的に独立し、自己決定権をもち、どの男の所有物にもならない結末が設定されていると読み解く。また、矢澤美佐紀は、藤村操の自死や塩原事件といった出来事を背景として考えると、龍子と慶次が恋愛関係のもつれから日光に行くという設定には、日光という場所をパロディ化した戦略が読み込めると論じている。汽車は非日常的な空間となり、男性との関係や制度への違和感からの解放を準備しており、また、歩行も他者化された身体を取り戻す運動として解読できると論じる矢沢の議論は、この作品が先行する恋愛テクストを引用、模倣したもので、それらを解体した後に再生する、多義的なテクストであると意味づけている。

なお、この作品をめぐっては、平塚らいてうと森田草平の間にいわゆる「炮烙の刑」論争が起こった。詳しい経緯は黒澤亜里子が論じており、また、小平麻衣子は、龍子の道徳観や倫理観、女性の貞操を主題としたこの論争を、書く女性の主体という観点から論じているので参照したい。

■参考文献
長谷川啓(一九九六)
矢澤美佐紀(二〇〇五)
黒澤亜里子(一九八七)
小平麻衣子(二〇〇八e)

(内藤)

暗い空

一九一四(大正三)年四月九日〜同年八月二九日、『読売新聞』

あまり取り上げられることがないが、『読売新聞』文芸欄の執筆陣に、与謝野晶子とともに迎えられた第一作目の長編で、それまでの作風からの離脱という点で、重要である。

中心の一つは、文学を志す栄と、友人で画家の録子との芸術観の対立である。録子は、奔放な恋愛の果てに妊娠し、堕胎について煩悶している。彼女の画風は、女性らしい官能を表したものであり、一方の栄は、「芸術に性の問題はない」「天才に性の問題はない」と言い切り、プライベートでも独身主義を貫く。いったい、〈女性の〉芸術というものがありうるのか。物語は栄に寄り添い、録子に批判的である。録子が従来の規範を破り、恋愛に関する選択を享受できるのは、父親の豊富な財力に裏打ちされているからである。女性性がセールスポイントとなって芸術が認められたとしても、そこで得られた自立は精神的なものに限られてしまう。栄には、咲子という妹があるが、父は落魄して台湾に流れていき、二人は自活をしているのである。

ところが、父が急に帰ってくることになり、それをきっかけに、栄の作品内での立場も揺らいでいく。これが第二の中心である。この父は、かつて母親に暴力を振るっていたため、栄は、父への嫌悪を隠せず、その芸術のルーツも母方から受け継いでいる。だが、父の暴力は、経済が母の実家に支えられている屈辱感からであり、現在も、稼ぐという意味での〈男性らしさ〉からの落伍者である。男とはいえ、栄が目指している経済的な自立という面においては、女の敵ですらない。咲子は、こうした意味から父に親和的であり、姉の態度を「虚栄」となじる。咲子にとっては、芸術で身を立てることすら、すでに「遊戯」的な甘い考えであり、「社会の犠牲になつて生涯働く」以外の道はないのである。

こうした対立は、当時の『青鞜』をはじめとする女性たちの問題意識が、芸術での自己実現から、職業・収入の確保へと動いていたことと対応している。芸術活動は、女性が社会に承認されるきっかけを作ったとはいえ、それを職業に出来るのは、そもそも出自が裕福な限られた階級の出身者だけであり、女性間の格差をあからさまにするのである。

女性の問題なのか、階級の問題なのか。小説の結末でも、姉妹の対立に解決は与えられていない。だが確実に、新たな問題が、ここから始まっている。

■参考文献
小平麻衣子（二〇〇四）

（小平）

春の晩

一九一四（大正三）年六月、『新潮』
『春の晩』（鈴木三重吉、一九一五年）所収。

田村俊子には、言語的にまとめられるストーリーよりも、あたかも絵画や舞踊のように、姿形自体の情感を重視している作品もいくつかある。作中で名前だけ引き合いに出される鈴木春信（一七二五?～一七七〇年）の浮世絵には、よく若衆が登場し、男女の色恋が中性的に見えたり、逆に女性同士がエロティックに見えたりする。「春の晩」に漂うのも、そうした情調である。京子の机上に乗っていた本、『The irresistible Argument』（敵しがたき論証）が、象徴的な小道具の役割をしている。タイトルの固さとは裏腹に、藤原時代の姫や、丹次郎ばりの男のエロティックな絵であるらしく、「春の晩」と名づけられたこのテクストが、むしろ論証できない一幅の絵であることを示唆したものであろう。

幾重は、重雄との恋愛遊戯に倦んでいる。彼女が「綺麗なお木偶《でく》さん」と呼ぶように、初心な重雄は幾重の誘いを受けるだけで、幾重を苛立たせるような技巧も強い肉の魅力も持っていない。幾重はむしろ、美しい京子のことを思う。幾重が京子を訪ねると、京子は二階で、男性客と性的な場面でもあったのか、情におぼれたようなエロティックな風情を見せていた。そうした姿を、幾重はこの上もなく美しいと思い、京子を抱いて「まるで愛の絶頂にある」ように思う。

こうした関係を村瀬士朗はバイセクシュアルとして論じているが、俊子自身についてみれば、各場面で記録された同性への強い思慕は、男性を思う女性を愛しく思う、あるいは、自分と同じ男性を思う女性を愛しく思う、という特徴もある。一時期非常に親しかった岡田八千代とは、同じ役者にいれあげているし、一九一六年一〇月二三日付湯浅芳子宛書簡にも、「私に恋をしないで、あれに恋でもしてゐたら何うです。きつと其の方がおもしろいでせう。私と一所に――いやですか、それは。」と誘惑ともみえる言葉がみえる（『田村俊子作品集2』オリジン出版センター、一九八八年）。また、カナダから帰国後、窪川鶴次郎と恋に落ち、その際のことは窪川の妻・佐多稲子が小説「灰色の午後」（『群像』一九五九・一〇～一九六〇・一二）に書いているが、俊子にあたる作中人物は、稲子にあたる人物に、「可愛いい人、可愛いい人、折江さん、私は、あなたが好きなの。惣吉さんより、あなたの方がずっと好き。それは信じてね」と「あえぐよう」に「愛撫」する。実際に稲子に宛てた書簡も、親密である（日本近代文学館資料叢書『文学者の手紙7　佐多稲子』博文館新社、二〇〇六年）。女性同士の感情は、複雑である。

　この時期以降、俊子は、なまめかしい気分を江戸情緒でくるんだ作品を発表している。たとえば「小さん金五郎」や「お七吉三」は、歌舞伎や人情本に登場する有名な人物をタイトルにし、曲山人「仮名《かな》文章《まじり》娘《むすめ》節用《せつよう》」や歌舞伎の「伊達《だて》娘《むすめ》恋《こいの》緋鹿子《ひがのこ》」などを踏まえながらも、自由にアレンジしたものである。これらは、新潮社の『情話新集』という全一二冊のシリーズの一環として企画され、竹久夢二が装訂を担当した。このシリーズに集った長田《ながた》幹彦《みきひこ》や近松秋江らは、赤木桁平《こうへい》の「遊蕩文学の撲滅」（『読売新聞』一九一六・八・六、八日）で手厳しく批判されることになった。そうした状況もあり、俊子の気分的な作品は論じられることが少ない。「春の晩」における男女の役割の逆転、レズビアニズムなどの話題が、どのように評価できるかは、まだ検討の余地がある。

■参考文献
村瀬士朗（二〇〇一）

（小平）

枸杞《くこ》の実の誘惑

一九一四（大正三）年九月、『文章世界』『山吹の花』（植竹書院、一九一四年）に所収。少女がレイプの被害にあう事件を軸に、性暴力の社会的構図と女性のセクシュアリティを主題としてあぶりだした短篇である。

主人公の智佐子は、友人と枸杞の実を取る遊びに夢中になっていた。原に拡がる枸杞の樹は、その枝にみっしりと赤い実や青い実をつけている。一三歳の智佐子には、届かない枝に生る実がとりわけ魅力的だが、その枝は引きちぎろうとする子供の手を撥ね返すような力をもち、恐ろしさも感じさせる。高いところに実っている枸杞を二人の少女は仰ぎ見る。手に入らないからこそ、それは興味の対象であり続けるのだ。「女が宝玉を愛すやうな心持」と、女友達との間に共有された「楽しさと嬉しさと睦じさ」を象徴するものとして、枸杞の実という記号は定置されているといえるだろう。

本作では、語りが二人の少女を性的に意味づける視点を備えていることに注意したい。物語の前半、原に向かう智佐子のお下げにかけたリボンを「大きな蝶々」と囃し立てる男の子が登場したのち、髪の毛や小さな足、脛、股、小さな指に性的な魅力を付与しながら叙述するくだりが現れる。少女たちは枸杞の実を欲望する主体でもあり、男性的な視点から性的に欲望される対象でもあるのだ。

あるとき、一人で原に出かけた智佐子は、見知らぬ男に話しかけられ、手が届かずに「断念《あきら》め」ていた枝の実を取ってもらう。智佐子は男の親切を嬉しく思い、誘われて並んで歩いて行く。場面が転じ、視点は智佐子から離れ、通行人や警官、近所の人々やかけつけた叔母の耳や目を通して、智佐子の泣き声、足許に滴る血が確認され、彼女が性的な暴力を受けたであろうことが暗示される。

事件後、家族は智佐子を「不具者《かたは》」という言葉で非難して排除し、反感や怒り、恥辱をぶつけ、肉体的にも精神的にも暴力を加える。外出も禁じられる智佐子だったが、事件から三週間後、枸杞の実が親しく思えてたまらなくなり、原に行って「熟んで黒ずん」だ赤い実を眺める。やがて智佐子には、赤い実のかげに「男の手」が付随した「ほんとうの、枸杞の実の赤い誘惑」が訪れる。

描き出された智佐子の体験には、第一に、性暴力の被害者がさらされる二次被害、周囲から加えられる暴力の構造が現れ出ているといってよい。また第二に、最終場面での彼女が、自らの性的欲望を自覚しつつある点も重要である。山崎眞紀子は、この小説での主題は「少女の悲劇性」のみに焦点化されるものではなく、むしろ「事件の傷が、少女のもつ溢れる生命力や新陳代謝によって打ち消され」「自然に満ちてくる性欲と出合っていく」過程にこそ作品の魅力があると述べている。

こうした観点を念頭に置きながら、「枸杞の実」という記号が何を象徴しているのかを読解してみよう。また、語りに配された視点は、智佐子に寄り添いながらも、主人公との距離を変更していくので、その点にも注意して読み進めたい。性暴力をめぐる社会構図については、小林美佳の議論を参照することで考察を深めることができるだろう。

（内藤）

■参考文献

山崎眞紀子（二〇〇五c）
小林美佳（二〇〇八）

圧迫　一九一五(大正四)年三月、『中央公論』

『彼女の生活』(新潮社、一九一七年)、『女作者』(新潮社、一九一七年)に所収。

主人公のお照は、一五歳の時から、家族を養うために芸者稼業に身体を縛られている。借金に借金が重なり、三〇歳を目前とした現在、山岡屋の女房の斡旋で北海道に行かなければならないこととなっていた。だが、身体の不調や、北海道が「自分の身体の土になる因縁」をもった土地だという不吉な直感もあり、出発を延ばし延ばしにしている。

土地を変えるごとに男に惚れて、「稼業をしながら赤ん兒《ぼう》ばかり生んでる」お照に、周囲の女たちは嘲りや苦々しい感情を向けもする。お照との間に子を設け、水戸から東京まで追いかけてきた男と会ったり、昔のなじみ客と夜を過ごしたりと日を重ね、お照は北海道行きをさらに先延ばしにする。

山崎眞紀子は、親の生活を支えるために身体を拘束された境遇において、唯一自分を解放できるのが恋という感情であると読み解き、身体を軸にした表現によって、女性身体が他者に侵食される構造を描出した俊子の力量を評価している。なお、本作を俊子の「ねばり強いリアリズム」が現れた作品と位置づけた長谷川啓は、性差と階級差との二重の差別を負った女性の現実を描き抜いた点に意義を見出している。弟に小遣いを与え、男と一晩を過ごした宿代を支払ったり、あるいは抱え主から受け取った最後の金を母親に渡したりといった金銭の行き来をみると、性差、階級といった構造を消費のコードと関連づけて可視化するテクストの運動が明確になるだろう。また、一五歳で田舎に売られたお照は、そのせいで「都の生粋《いき》な芸人仲間にも入れなくなつた」という意識をもち、自己の身体を「田舎芸者染みた気の利かない姿」と認識している。身体の表象のなかにせめぎあう階級化の境線についても、テクストの力学として検討すべきだろう。

（内藤）

■参考文献
山崎眞紀子(二〇〇五d)
長谷川啓・黒澤亜里子(一九八八b)

夜着　一九一五(大正四)年四月『中央公論』

『彼女の生活』(新潮社、一九一七年)所収。

人が、身体の重みをもっとも感じるのが、蒲団に横たわった場面であろう。「女」と「男」としか書かれない主人公たちは、結婚してから、経済的な余裕もなく、一つの夜着で寝ている。同衾という言葉を使えば、エロティシズム漂う隠れた領域が出現するが、たいていの場合その領域には、暗黙の契約にのっとった文化的様式や、相手の不快さの手前でひきかえす配慮がある。「夜着」で描かれるのは、自分ひとりだけで夜着を使いたいという、ささやかなエゴイズムであり、はた目からは滑稽にも見える夜着の奪い合いである。しかしそれは、結婚してから七年たった夫婦の倦怠というだけではいいたりない。

風邪に悩む男は、稼ぎの少ない彼の代わりに働いている女が、疲れて睡眠に逃げ込もうとするのを見ると、わざとらしく咳き込み、看病という美徳にことよせて夜着から追い出そうとする。また感染した女の症状の方が重くなれば、男の身体は半分も外にはみ出ているにもかかわず、女は邪魔な男を「丸太の棒」のように思う。この鬱陶しさから遁れるには、寒さの中に一人起きてしまうか、同情に値する重篤な身体を引き受けなくてはならない。疲れ過ぎて眠りに陥る、あるいは病に悩む際、文化的配慮は剥がれ落ちる。その瞬間をとらえつつ、もう一方の視点からは、そうした逃避からはすぐに覚めざるを得ないゆえの嫉妬が示される。二人が同衾できる近しさは、互に裏をかこうとする底意地の悪さにすぐに寝返る。物理的に打開する経済状況の変化もない。

言い知れず溜まる苛立ちは、結末で男に、女が飼っていた鳩を殺させる。小屋から放ってやったにもかかわらず、逃げていかない鳩は、従順のシンボルである。しかし、その美徳は、自ら人に依存しながら、依存を、閉じ込めた人のせいにするずるさと表裏である。男は、自分を擲《なげう》ちたかったのか、女を擲ちたかったのか。

この作家にとって、横たえた身を覆うのは、「蒲団」ではなく、「夜着」である。女が、美しい夜着を作ってくるまることを夢想する場面がある。他の作品で、衣装という小道具を使って表されるのと同じように、この作品で夜着は、自他の境界を定める輪郭線であり、また、自分の体温だけにそっと浸っていられる緩衝材でもあるのである。

（小平）

彼女の生活　一九一五（大正四）年七月、『中央公論』

『彼女の生活』（新潮社、一九一七年）所収。結婚した女性の置かれる状況を、当事者となる若い女性を視点人物として、フェミニズム的な観点から考察した作品。

優子《まさこ》は、文筆を生業とする意識の高い女性である。「聡明な現代の若い女」として、結婚は女が夫や子どものために圧搾される屈辱に通じると考え、それよりは「自分と云ふものをこの人生に飽くまで自分として生かして置きたい」と望んでいた。だが、新田という男と恋に落ち、女に対して新しい理解をもった彼となら理想的な生活が送れるのではないかと、結婚を決意する。はじめ「家政の仕事」を妻と同様に営んでいた夫は、次第に家事を怠るようになり、結局は優子ばかりが神経的に家事をこなすことになる。しかも新田は、彼女が妻として夫に尽くす姿を愛しんでいる様子であり、優子もまた善良な妻であろうとする卑屈な媚を自覚している。絶望する優子は、しかし、家政と創作の仕事とを両立することこそ「愛の信仰」だと考え、自己を取り戻す。

だが、夫が芸術上の友人と交流する優子を嫌がったり、優子自身も芸術の創作にうちこみながらもたえず家政や夫に注意をひかれたりと、「自分の生活を絶えず浸蝕してくる男の目に見えない権威の力」は彼女の生活を妨げずにはいない。さらに子どもが生まれ、「善良な母親になること」という圧力が加わることになる。二重三重におしよせる生活上の圧力を自分に適応させ、調整することを強いられる彼女の「愛の生活と戦はなくてはならない運命」が分析的に叙述されたテクストとなっている。

鈴木正和は、優子の意識を自己回復を試みる闘いとして評価し、しかしその生活が出口のない限界として描かれているところに、結婚制度の弊害があると読解し、その後、生き続けていく優子のなかに、痛みを突き返し、現実の困難さを超越してゆく可能性があると検証し直した。また、沼田真理は、新しい意識をもった男女ですら、身体化された性役割や無意識の性差別に拘束されてしまうありようを、婚姻制度の呪縛力として析出し、男性ジェンダーに囚われた新田という視点を打ち出した。その他、同時代のコンテクストと対照して検討したものとして瀬崎圭二の論考がある(「4 研究案内」、78頁参照)。

■参考文献

鈴木正和(一九九八a)
鈴木正和(一九九八b)
沼田真理(二〇〇七)

瀬崎圭二（二〇〇二）

（内藤）

破壊する前　一九一八（大正七）年九月、『大観』

長篇小説の冒頭にあたる部分として発表されたというが、後半の「破壊した後」は完成されず、俊子は鈴木悦のいるバンクーバーへと向かった。

主要登場人物は、道子、その夫のF、友人Rであり、それぞれ俊子、田村松魚、鈴木悦になぞらえることができ、私小説的な傾きをもった作品である。俊子の心が田村松魚から離れ、鈴木悦に惹かれていく過程として読解することも可能であろう。

視点人物の道子は、現在の自分や己れの芸術に絶望している。才能や能力が枯渇し、荒廃し、遊堕のなかにあることにうち沈む道子に対して、Fは芸術の生命には終わりがあるといい、「一度咲かした其の名を利用して」華やかに世間を渡っていくよう助言する。一方、Rの方は、「道子の荒んだ全体から、美しいもの、一点」を光のようにみつけようとする。道子は次第に、Fとの争いや反抗、放縦が現在の悲惨な生活をもたらしたものと思い定め、Rの友情によって「愛度《あど》気《け》ない涙」で「真の美しい世界」をみつめることを選び取る方向へ傾いていく。

鈴木正和は、実在人物と登場人物とを重ね見ることができるのはたしかだが、小説の構造そのものを読解する必要があるとして、俊子作品に共通する表現手法、すなわち、作品の結末を想念の世界へ昇華させ、物語内に異化作用を促すような手法が見いだせるという見解を示した。そうした手法に着目すると、男性に囚われていた自己を破壊し、解放されていく道子のありようが浮かび上がると論じている。

また、テクストの構図が、現在の醜い私と美しかった過去の私、という二項対立に覆われている点に着意することで、同時代の批評の論理と対照して考察することもできるだろう。テクスト上で、「恥ぢ」で汚れたものと位置づけられる現在の醜悪は、かつての道子がもっていたはずの「無邪気」「無垢」「無心」、「智識の飾り」のない「天性の美しさ」「娘の頃の愛度気なさ」「人形」といった記号と対比されている。友人Rが見出す道子のなかの「美しいもの」は、「無邪気な昔」と結びつけられており、幸田露伴を思わせる、「娘の頃に師事した其の人」の愛に似たものとして意味づけられているのだが、こうしたテクスト内の二元構造を、小平麻衣子が指摘した、「あきらめ」で再デビューした俊子のたどった経緯と関わらせてみるとどうなるだろうか(「4 研究案内」、78頁)。女性の書き手として道子が置かれたのは、素人であり続けること、無邪気さを失わずにいることを要請する批評の論理であり、いいかえればそれは、技術的に進歩することを禁じる論理だった。道子の現在における絶望は、小平が明らかにした文壇の論理を、女性の書き手自身が内面化したその先にある絶望として解読することができる。

だとすれば、作中で「自分の生活は間違つてゐた」と苦悶する道子が「病人のやう」と描写されていることの意味も両義的である。今後、私小説的な読解にとどまらないテクスト批評がさらに必要となるだろう。

■参考文献
鈴木正和(二〇〇〇a)
小平麻衣子(二〇〇八d、二〇〇八f)

(内藤)

残されたるもの

一九三七(昭和一二)年九月、『中央公論』

同じ長屋に住む三人の少年を登場させ、社会における階級の問題を子どもの貧困という主題によって可視化した作品である。

視点人物となる駒吉は、兄の働くガラス工場で、苛酷な労働に従事する少年工である。父は交通労働者の争議に加わり失職し、すでに亡くなっている。母は家を空けることが多く、駒吉は母の愛に飢えている。幼なじみの福太郎は、「拾ひ屋」として一人前になりかけ、窃盗やギャンブルなど悪事に手を染めつつある。駒吉が親しくしていた辰夫は、三人のなかでただ一人小学校を卒業し、品川の軍需品工場へ働きに自転車で通うことになった。駒吉は羨ましくてならず、「人間の生活に種々な隔て」のあることに呆然とする。

母は駒吉を迎えに来るというが、現在ではどうやら、駒吉からは賭博打ちにも香具師のようにもみえる男の家政婦として働きつつ、その情婦となっている様子である。勉強して「機械を拵へる人間になりたい」と思いながらも、母の世話になることには抵抗を覚えずにはいられない。労働運動をしていた時代の父の周囲の空気をなつかしく思い起こし、大人の暴力、社会の差別構造に反逆する論理を意識してゆくのだった。

辰夫の父は、死体から金を盗んだことをきっかけに金銭的余裕を手に入れたと噂される人物で、噂を言い立てる福太郎を殴りつけ、福太郎と駒吉を見下したような態度をとる。あるいは母の愛人も、母に暴力をふるっており、両者はともに大人の暴力を象徴する人物となっている。大人に守られた辰夫と、大人の暴力に反抗する駒吉や福太郎との間に引かれた「隔ての壁」への意識は、駒吉が社会の階級構造と格闘しようとする出発点に設定されている。小林裕子や羽矢みずきは、カナダから帰国したのちの俊子作品に、労働運動にかかわったときの体験や社会主義思想の影響を指摘している。資本主義の論理をテクストがどのように問題化しようとしたのかについての考察をさらに重ねてゆく必要があるだろう。

（内藤）

■参考文献
小林裕子（二〇〇五）
羽矢みずき（二〇〇五）

カリホルニア物語

一九三八（昭和一三）年七月『中央公論』

第二部「9 双子型ストーリーの謎をひらく――「カリホルニア物語」を中心に」参照。

*『あきらめ』単行本の三陽堂版は、植竹書院版をもとにしたものであり、版権が移動している。従って、刊記では、初版は植竹書院と同様、一九一五年とあるが、三陽堂版は、正確には第五版の一九一七年からである。

3　研究のキーワード

女流作家

俊子は、「女流作家」「女流文学」の原点に位置するととらえられることが多い。初の「女流作家」として神格化された位置にあるのが樋口一葉だとすると、職業作家として文壇的にも成功したはじめての「女流作家」といわれるのが俊子で、二人はさまざまに比較され、対照されてきた。関礼子は、一葉の没後、その影響をもっとも受けてきたのが田村俊子だといい、さらには瀬戸内晴美が伝記小説『田村俊子』で第一回の女流文学賞を受賞したこともあって、さまざまな流れが複合し、現在にあっても俊子のイメージは「女流」の起源として想定されがちだという構造を指摘する。

念のために整理しておくと、「女流作家」という用語は、男性を標準のジェンダーとする社会構図にあって、女性が有標化されていることを示している。男性は標準であり、印の付かない存在なので、ただ「作家」といえば男性の作家を指す。一方、女性は印の付いた特殊な存在なので、「女流」という言い方をすることによってはじめてそれが女性の作家を意味することとなる。それは「特殊」であり、一般的ではなく、「亜流」「二流」という意味を含んでいる。そうした歴史的な言葉遣いがあったために、現在では、「女流作家」という表現には差別的な意味合いが含まれるとして、「女性作家」と置き換えられる傾向にある。しかしながら、そうした差別構造を逆手にとって、自らが「女流作家」を自称するという場合もある。蔑称である「女流」を、肯定的な意味で名乗り直すことによって、その文脈を肯定的なものに作り替えようとするもので、クィア研究の理論的構図に通じる方法ともいえるだろう。俊子を「女流作家」としてとらえて立論する際には、こうした歴史的経緯を考慮する必要がある。

さて、「女流作家」として出発した俊子を考察する際に必ずといっていいほど言及されるのは小説「女作者」(一九一三、「遊女」というタイトルで発表。「7「女作者」論」参照)であり、また、雑誌『新潮』の座談会「女流作家論」(一九〇八・五)もよく引き合いに出される。小栗風葉、柳川春葉、徳田(近松)秋江、生田長江、真山青果の名が挙がるこの座談会に触れたリベッカ・コープランドは、彼らの主な論点は女は女らしく書け、という一言に尽き、女らしさの内実は曖昧で、かつ書くことは女らしくないことであるという定義が透け見えていることを明らかにする。コープランドは、そうした批評コードのなかで女性の書き手たちが選び取ったのが、「化粧」という仮面にほかならず、「女作者」における化粧という仮面は書き方のメタファーとなり、しかもそれは「読むことができない」という隠蔽された「読みの層」をアイロニカルに暗示していると論じている。

化粧という装置から、書くこととジェンダー、あるいは官能の描写といった観点をよりあわせ、「女流作家」としての俊子の表現手法を考察した論考は数多い(本章「官能性」参照)。すでに尾形明子は、「女作者」における官能の大胆な表白は、化粧に託して女であることに「甘え」ていることとある種表裏であり、「ナルシシズムの境」を描出するその手法の意義と限界を指摘していた。尾形の提示した論の延長で、中村三春は、化粧が官能にのみ帰着するのではなく、執筆行為との関連で意味の付与が行われていることに注目する。つまり化粧は、「女作者」の執筆を導くテクノロジーであり、しかし主人公が枯渇して執筆不能な状態におかれているという逆説が、近代的な制度のもとでは女であることと作者であることとが語義矛盾となってしまうという状況を呈示しているというのである。また、鈴木正和は、白粉は、過去の時制にあり、書けない現在と対比されていること、記憶を主調とした物語上には記憶と現在とが葛藤する場が構成され、作者がジェンダーの差異を請け負わされる現実の矛盾が内包されていることを指摘している。

化粧と書くことをめぐる俊子的方法を、同時代の言説を参照することによって理論的に進化させたのが、小平麻衣子の諸論考である(「4 研究案内」78~80頁参照)。化粧品広告の言説を参照しながら小平が明らかにしたのは、化粧する女性が、素人でありながら他者の期待する己を演じて装うという構図、「自然な化粧」という矛盾した要請があったこと、女性作家が「素人性」という枠組みのなかに呪縛されてしまったという同時代の論理である。

　俊子が「女流作家」という観念がかかえもつ差別性と格闘してきたことはまちがいない。書くこととジェンダーという問題系は、テクスト上で上演されるジェンダー表象を考察する際、はずすことのできない視座であろう。


（内藤）

■参考文献
関礼子（二〇〇三）
コープランド・リベッカ（一九九六）
尾形明子（一九八四）
中村三春（一九九二）
鈴木正和（一九九四ａ）
小平麻衣子（二〇〇八ａ）

文体

　田村俊子にとって、文体はアイデンティティであったと言っても、言い過ぎではない。幸田露伴に師事し、師に許された筆名である露英を名乗っていたころ、その文体は、雅文体に傾いたものであった。その後、言文一致体を獲得してからは、田村俊子や佐藤俊子の名を名乗っている。ここでは、言文一致体以前の変遷について見てみたい。

　明治三〇年代を通して、樋口一葉の文体は、女性の書き手たちに対して、一つの規範として機能していた。俊子の「露分衣」（『文芸倶楽部』一九〇三・二）の文体は、〈一葉ばり〉と評されることが多い。内容も、妻や家庭をないがしろにする兄を、妹が死をもって諌めるという古めかしいもので、修行時代として切り捨てられることが多いが、高橋重美はこれを重視し、「露分衣」での句点が、現在の通例とは異なり、文を終息させる機能を負っていないと指摘した。会話と地の文を分けない雅文の中で、句点は登場人物の発話の末尾に打たれ、発話と地の文を分ける役割をしているというのである。

　ここから、会話を地の文から独立させるまでは、近い。「小萩はら」（『女学世界』一九〇三・一一・一五）では、『　』を使って人物の発話を括りだし、口語的な表現にしている。


　『三重さん』と呼びながら訝し気に見守りしが、耽る思ひを其れと推して、構ひ気もなく、

『兄さんの事を思ひだしたの?』と軽き調子に聞く、親しき間柄《なか》ながら、あまりに明らさまなる問ひにさすがに嬌羞《はづかし》さを覚えて、

『い、え』と胸の思ひを掩《おほ》ふつもりの、然《さ》り気なくは答へたれど、端なくも色に出でたる面麗しう、思はず伏目になりて、

『秋の所為《せい》なのね、悲しい事ばかり考へて』と手にせる花を空《あだ》に眺めつ。

だが、会話の部分を口語体で書くようになっても、だからといってすぐに言文一致体になるわけではない。会話として日常の発話を写すことは容易だが、地の文に対しては、発話されない「文」としての認識が強く、それまでの文章規範に束縛される割合が高いからである。そしてその場合、文体の違い、つまり、卑俗さのレベルが異なってしまう会話部分と地の文を、どのようになめらかにつなぐのかが大問題となる。特に女性作家の場合には、上品な作風であるべきとの規範もつきまとう。右の例では、会話部分は視覚的に地の文との分離が試みられている。とはいえ、文としての区切りとなる句点は、なかなか現れない。地の文と会話の全体を統一体ととらえる意識が強いと言えるだろう。発語する人物の社会的階層が、比較的裕福に設定されているのも、掲載誌の読者層に合わせただけではなく、みやびやかな地の文と発話を比較的違和感なく接合するためでもあるだろう。

というのは、一方で、下層の人物たちを描いた作品群があるが、そうした場合に地の文の役割が縮小しているからである。たとえば、居酒屋の女房が、娘と自転車で接触した学生に嘘をついて金をだまし取ろうとする「白すみれ」(『女鑑』一九〇四・三)や、酒や花札に目がない生臭坊主と女房のだらしない内幕を描いた「その暁」(『新小説』一九〇七・一一)がある。後者では、「なあに、買ひに行つた積りで飲ませろ? ひと、買ひに出かけたが好いさ、あゝ、あゝ、買ひに出かけ成さいとも、高くても安くても此方の知つたものか、さつさと出掛け成さいよ。」のように、思い切って女房の下卑た口調を試みている。ここでは、地の文は、会話の間にほとんど配置されない。雅文的な地の文は、作中人物の卑近な発話との齟齬を引き起こすため、避けられたのであろう。課題は、自らの価値判断を前面に出さない、中立的な地の文の創出でもあった。

文体の混乱は、ストーリーの混乱ももたらす。「葛の下風」

(『新小説』一九〇六・七)では、主人公の小浜保江は、芳美によってようやく愛を知り、親が決めた妻を離縁して、彼女を妻に迎える。保江の姉は芳美に、前妻が理由もなく離縁された悩みから病を得て、明日をも知れぬ命である、と芳美の知らない事実を告げる。芳美は自ら身を引く決心をし、姉と保江は、愛の重要性をめぐって対峙する。ここでは、姉は旧来の「家」の美徳の体現者というよりは、落ち度のない前妻の弱い立場をすくい取る義侠心を持っている。しかしながら、夫妻の方にも〈愛〉という、新時代の大義がある。物語が芳美と姉のどちらに軍配を上げようとするのかはっきりしないが、二人の口調が、麗しい芳美と、世間的にさばけた姉と書き分けられているのをみると、新旧の文体の衝突が、新旧の物語の衝突ももたらしたと言えるであろう。

これらの行き詰まりは、どのように解決されたのであろうか。柴瑳予子(一九九〇)によれば、俊子の言文一致体の使用は、「貴公子」(『万朝報』一九〇七・一・二〇)と「袖頭巾」(『東京毎日新聞』一九〇七・一一・二六〜一九〇八・三・一七)からとされる。次の「老」(『文芸倶楽部』一九〇九・四)ではさらにこなれたものになっている。注目したいのは、この前後に俊子が演劇に接近しており、それが、文体の転換にあたって、いささかのヒントになっていたのではないかということである。俊子の演劇へのかかわりは、「演劇」の項を参照していただきたいが、脚本執筆も試みているからである。

音読を前提とした台詞を執筆することが、こなれた会話体の創出にあずかるのはいうまでもない。だがさらに、脚本におけるト書き自体の性質、また、台詞とト書きの相互の独立性は、小説に取りこめば新たな表現になりうるものである。ト書きは、語り手の統一的意思を示すというよりは、観客の視点から、ものや動作が舞台上にあらわれる過程を再現するものであり、地の文を綴りだす位置の劇的な転換を図るからである。俊子の脚本は、今のところ、はじめて言文一致体を使用した作品より後に発表された、「やきもち」(『文芸倶楽部』一九一〇・一二)だけであるので、演劇体験を俊子自身の書く練習につなげるには、慎重な態度が必要かもしれない。しかし、この中での「楽隊の音、法界節の月琴の音など入り交じつて騒がしく聞こえる。上手より下谷芸妓の花見連のはぐれ四五人、御殿女中の仮装にて出てくる。中の叶、少し酔つてる体。」というようなト書きは、語り手の価値や目的に沿った説明ではなく、再現であり、言文一致体小説の次のような表現に通じるものがあろう。

婆あやもおばさんと同じに眉を落して鉄漿《かね》を射けてゐる。唇の薄い鼻の高い、大々した顔で眼が美《い》い、鬢掻眼《びんかきめ》の切れの長い、眼尻は皺んでゐるが、をばさんの口許と共に、これは眼だけに昔の美しい面影を残してゐる。

（「老」）

もちろん、地の文が、作中人物の一人称によるのか、無人称の語り手なのか、などの試行錯誤は続いており、言文一致体獲得を単純化するわけにはいかない。しかしながら、これ以降、語り手による一元的な意味に還元されない、複雑な小説が次々生みだされていく。

■参考文献
柴瑳予子（一九九〇）
関礼子（二〇〇三）
高橋重美（二〇〇一）

（小平）

演劇

明治期の演劇は、近代化の混乱を経た他のすべての分野の例にもれず、さまざまな潮流の乱立時代であったといってよい。

以前から一般的だった歌舞伎劇は、明治一〇年代よりすでに起こりつつあった演劇改良運動の影響を一部で受けながら依然として人気を誇り、加えて、明治二〇年代の壮士芝居・書生芝居から始まった新派が、やがては翻訳劇や家庭小説の演劇化などに手を染めていた。そして、明治四〇年代には新劇が、坪内逍遙と島村抱月を中心とする文芸協会、市川左団次と小山内薫による自由劇場という実際の上演集団の出現で勢いづいていた。新派、新劇などと名づけられた新傾向は、歌舞伎にかかわっていた業界人ではなく、壮士や学者といった、いわば〈素人〉によって起こされ、それまでの常識を無視した試みが行われた点に特徴がある。田村俊子が最初に舞台に立ったのも、文士たちがその理論を自ら実践しようとした、いわゆる文士劇であった。さらには、女性の俳優をめぐる考え方が、こうした演劇的潮流や立場の問題と複雑に絡み合っていたといえる。

一八九〇（明治二三）年に、男女が同じ舞台に立つ合併興行が警視庁によって許可されたが、以後も、それまでの禁忌から、なかなか女性の登用は広がらず、女性の役を女形が演じるのが常態化していた。その中で、いち早く脚光を浴びたのが新派の川上貞奴であった。夫の川上音二郎の興行に同伴したアメリカやヨーロッパで、アクシデントから舞台に立ったが、折からのジャポニスムに迎えられ、日本に凱旋した。一方、ヨーロッパやアメリカへの留学から帰った文学者や政財界人が増えるにつれて、見聞してきたリアルな演劇の日本への移入を目指し、海外にも誇れる劇場や演劇文化の興隆を言う論調が高まっており、明治四〇年代には女優待望論が大きな流れになりつつあった。

貞奴は、こうした流れに乗ったといえる。一九〇八(明治四一)年に、後進の育成を目指し、夫と共に設立した帝国女優養成所は、翌年には、帝国劇場付属技芸学校になったのである。帝国劇場は、いうまでもなく、一九一一(明治四四)年に開場した日本における西洋式劇場の嚆矢である。日本の顔にまでステップアップしたのである。

ただし、当時は、女性の俳優が歌舞伎劇に出演する試みも行われていた。新劇の中でも、文芸協会は女優導入を目指したが、自由劇場は女形を使い続ける、といった差異もあった。歌舞伎=伝統的男性劇、新進演劇=新たな女優の登用、とイメージしがちであるが、かならずしもそうではなく、演劇ジャンルの新旧と、女優導入の是非は、結びついてはいなかったのである。そもそも、西洋式劇場とはいっても、西洋列国の中で、日本の国家としての独自性を発揮するという意識が強い。まったく西洋化したいわけではなく、帝国劇場の目玉は、歌舞伎座から引き抜いた女形・尾上梅幸であったのである。女優を交えて上演された演目も、歌舞伎あり、ダンスありのさまざまなジャンルの混成で、今後の日本の演劇には何がふさわしいのか、実験が続いていた。

女優の養成に関して、貞奴が主要な役割を務めたのも、その幅広さによるものといってよい。貞奴は芸者出身で、日本舞踊などの素地を持つ一方、夫の音二郎とともに、シェークスピアの翻案劇などを上演していた。これらは、学者など論客を備えた新劇側から、その中途半端さを批判されることになったとはいえ、西洋的な演劇の試みであるには違いない。帝劇が貞奴に目をつけたのは、その何でもこなせる幅広さによるものであり、彼女は、さまざまな要素の混交する状況で、何を掴みとり文化的に上昇するのかという、したたかな生き方の一例である。そして、同様な選択を行っていたのが俊子であった。

俊子の経歴については、「1 俊子の人生」に記した通りで、彼女の華麗なる文体の遍歴と同様、いくつかの異なる経験を経ている。まず参加したのは毎日文士劇であった。その縁で師事した市川粂八（岩井粂八、市川九女八とも名乗る）は、八代目岩井半四郎に入門、市川団十郎にも師事し、「女団州」とも呼ばれた狂言師であった。江戸期に女性の歌舞伎が禁じられて以後も、男子禁制の大奥などでは、女性が歌舞伎などを演じて見せるお狂言師の伝統が続いていた。粂八は、この流れを汲み、明治期以降、一八九三（明治二六）年には、その後女性ばかりの歌舞伎の代名詞となる神田の三崎座で、座頭もしている。彼女は、川上貞奴の帝国女優養成所にも、講師として招かれている。俊子も、脚本を書くために、この女優養成所に入ったこともある。のちに、「暗い空」（『読売新聞』一九一四・四・九〜同年八・二九）で描いた女性俳優は、貞奴をモデルにしていると考えられる。

しかし、そうした経歴が、俊子を引き裂くことになる。文学者の業界では、演劇を高尚な文化として再生させようとの意図から、西洋的な近代性を目指し、それまでのすべての演劇的蓄積を排除しようとしたからである。貞奴のような混成的な特性は、古いものととらえられ、批判されることになった。近代女優の代表も、新劇の文芸協会が育てた松井須磨子にとって代わられたのである。もちろん、こうした動きは、一般的な観客の多様な動きを包含するものではない。伝統や土着性の一切を払拭するということも、実際には不可能なことである。しかし、そうであっても、〈新しい〉という象徴的旗印をうまく作れたグループの方が、評価を勝ち取ることができた。

俊子の足跡もまた、右のような状況の中で形作られたものである。毎日派と早稲田派が合同で上演した「その夜の石田」では、「近代性」が足りないと酷評されていた（真如女史「合同文士劇を見る」『歌舞伎』一九〇九・一）。次に再び舞台に立ったのは、中村吉蔵主催の新社会劇団による吉蔵作「波」（一九一〇・一〇）で、こちらは、近代女性を実現したと評価を受けた（島村抱月「新社会劇所感」、伊原青々園「上場されたる『波』」、いずれも『歌舞伎』一九一〇・一一）。二つの間に、どのような演劇的訓練があったのかは、あまりくわしくわからない。しかし、文学としての演劇という場で生きていく以上、俊子は勝ち組に着く選択をなしえたと言える。型をしこなしてみせる振り事から、日常生活のような自然なふるまいへ。〈新しい〉旗印を掲げて新劇をリードする文芸協会にも、一九一二（明治四五）年四月に入会している。

文学界と演劇界との往復は、俊子に何をもたらしたのであろうか。一つには、双方の分野に共通する、自分の見せ方であろう。自分の思ったままを書きつけるだけでは、文学が認められるわけではない。読み手としての観客が存在するのは、演劇と一緒である。観客の期待をうまく利用しながら、自分を差し出すやり方を学んだのが演劇という場であろう。次に、関連するが、〈私〉の強い発現であろう。西洋の脚本に学んだ作者たちが、強い主張のある女性作中人物を描き、そのせりふを自分の声で読み上げることは、演者の内面にも影響を与えざるを得ない。これはいずれ、彼女が執筆した小説の主人公の造型も変えていく。

そして三点目に、文体の変化があげられる。詳しくは「文体」の項で述べているが、雅文体から言文一致体への転換と、演劇への参加の時期は重なっている。彼女が文体の転換にあたって苦心していたのは、早くから口語体を取り入れた人物の会話部分ではなく、地の文であり、会話と地の文のつなぎ方であったと考えられる。その試行錯誤の途上に脚本執筆が挟まる。ト書きという、シンプルな動作を現前させる書き方は、地の文の変化に何らかの影響を及ぼしたことも予想されるのではないだろうか。

俊子は、すぐに舞台からは退いてしまうが、演劇の中で見出した問題は、決して小さくはない。

（小平）

■参考文献
森井直子（二〇〇五）
大笹吉雄（一九八五）

『青鞜』

文芸雑誌『青鞜』は、一九一一（明治四四）年九月、平塚らいてうを中心として発行された。発起人は中野初子、保持研子、木内錠子、平塚明子（らいてう）、物集和子であり、俊子も岩野清子、野上八重子（弥生子）、水野仙子らに交じり、社員として青鞜社に加わっている。

創刊号は、長沼智恵子の表紙絵が飾り、らいてうの創刊の辞「元始女性は太陽であった」や与謝野晶子の巻頭詩「そゞろごと」と並び、田村俊子の小説「生血」が掲載された。社則には「女流文学の発達」、「女流の天才を生まむ事」が目的と記されていたが、従来は、婦人解放史上の役割に比べ、文学的な成果についてはほとんど取りざたされずにあった。だが、九〇年代以降、『青鞜』の文学が評価されずにきたことに、文壇の男性中心的な構造が継続的に作用していたことを批評的に検証する立場から、さまざまな研究が生まれることとなった。「新しい女」と呼ばれた女性たちが「新しい女」をどう定義したのか、女性の書き手はどのような欲望をもっていたのか。女性の書き手たちは、表現様式をどう模索したのか、そして生み出された多彩なジャンルや言説にはどのような特性が認められるのか。あるいは、文学という場の既存のジェンダー構造を前提としない彼女たちの執筆行為は、どのようにその欲望を複数化し、ジャンルの境界を問い直したのか。そうした文脈をも念頭においた上で、『青鞜』をめぐる文化的な配置、読者層とのかかわりといった多角的な観点から、『青鞜』における文学的な意義は再評価されつつある。

一九一五(大正四)年にらいてうによる「青鞜と私――『青鞜』を野枝さんにお譲りするについて」が書かれ、青鞜はらいてうから伊藤野枝に中心を移していった。一九一六年二月に休刊となり、再刊はされなかった。

■参考文献
新フェミニズム批評の会(一九九八)
飯田祐子(二〇〇二)
岩田ななつ(二〇〇三)
徳永夏子(二〇一〇)

(内藤)

官能性

官能という単語は、しばしば俊子文学を評価するキーワードとして参照されてきた。『日本近代文学大事典』には俊子の文学的特質を「官能の色濃い筆致」と表現する記述があるが、畑有三はこれを取り上げ、従来の研究史にあっては、ポルノグラフィーを読み取る男性の感性が「官能」を読み取ってきたのではないかと批判している。八〇年代後半以降、フェミニズム批評は俊子の「官能」にさまざまな異なる文脈から光を当て、その読み替えを行ってきたといってよい。

さて、ジェンダー論的な視座からすれば、恋愛や性愛は、女性がその主体性を獲得するための重要な要素であったし、ヘテロセクシュアルな性愛の現場が、女性の主体性をかけた争闘の場となることも少なくなかった。長谷川啓は、俊子の描く官能が男女の争闘と結びついている点に注目し、ときに暴力が伴われる作中人物の恋愛関係は、精神的に独立しようとする女性の反逆的な抵抗であることを説いた。家父長的な結婚制度において、男性の所有物とされてしまう女性の社会的位置を転倒させることを目論んだ俊子の登場人物は、だからこそ「悪女」として造形され、悪女はそれゆえ、強烈な自我をもつというわけだ。「新しい女」に対して期待感と反感とが織り交ぜられていたのと同様に、悪女の造形には作中人物からも激しいバッシングや中傷が寄せられずにはいない。誘発された攻撃が、被虐的な官能と非対称な対関係を描くようにして、反逆する悪女の身体は嗜虐的官能を上演する。福田はるかは、俊子の「暗い官能」において、マゾヒズムを秘めた肉体的執着は、俊子が「微弱な権力」と呼んだ男性的権力にからめとられていると指摘するが、そうした意味で俊子が描き出した官能がテクスト上で両義的なふるまいをみせることに注意したい。

また、性愛や官能は、女性の自我という主題に連結しているため、雑誌『青鞜』を中心に展開された「男女両性の相剋」問題ともかかわっている。黒澤亜里子は、俊子が書いた性に呪縛された女の自己認識には、恋愛が父権制や国家からの脱出に直結しうる男と、矛盾を抱えさせられた女の間の非対称な差異が自覚されていることを示唆している。それは、ヘテロセクシュアルな恋愛によって権力構造から抜けだし、自己を確立したように思えても、女性はさらに、恋愛相手である男性の「微弱な権力」によって呪縛されてしまうという矛盾である。鈴木正和は、たとえば「生血」のゆう子が表象する意識と身体のせめぎあいのなかに、男女の性愛をめぐる歪みや非対称性、女性史の諸相を見て取れることを論じている。あるいは、「誓言」(『新潮』一九一二・五)に書かれた、夫婦の諍いに潜む性の支配構造に着目した永井里佳は、性の支配は女性の主体的セクシュアリティに接した男性側にも不安と痛みをもたらすことに言及する。妻の主体性を認めず、支配しようとする夫と、それに対する妻の反発とがぶつかるが、互いにその構図を完全には理解できず、そして別離を選択しても、それが直接的な解決とはならない。永井は矛盾が矛盾のまま書かれた作品として評価しているが、官能は矛盾を可視化する契機として描き出されていることがわかる。

翻って、「官能」とは、俊子が再デビューを果たした後の文壇を席巻していた「官能主義」と合致したことを指摘しているのが、光石亜由美である。旧い女と新しい女、思想と官能、といった二項対立の両極を行き来するようなありようこそが俊子の書くスタイルであると指摘した光石は、官能や官能描写というステレオタイプを故意に引用したり、過剰に上演したり、異化しながら表現した作品の力学のなかで、女性が欲望の主体になること、あるいは女性による快楽としての性が志向されたことの意義を確認し、そうした戦略が、限界をはらみながらも男性原理を突き抜ける可能性をもっていることを論じている。

また、女性同士の同性愛的な官能の描かれ方に着意するならば、「あきらめ」の同性愛表象が、時代や社会の要請するヘテロセクシズムの機構を拒絶し、裏切る構図をもっているという浅野正道の指摘は重要であろう。同性愛的な官能は、女性同士の連帯という物語構造を引き寄せながらも、女性間の階級差を可視化する機能ももちあわせていることも念頭に置く必要がある。

いずれにしても、官能というモチーフを入り口に置くと、俊子のテクストのもつ両義的な力学や、矛盾として設定された物語構造のもつ意味が考察可能となるだろう。

■参考文献

畑有三(一九九〇)
長谷川啓(一九九六・一九九七)
福田はるか(二〇〇五)
黒澤亜里子(一九九五)
鈴木正和(一九九六)
永井里佳(二〇〇五)
光石亜由美(一九九六・一九九八)
浅野正道(二〇〇一)

(内藤)

女性同士の連帯

田村俊子は、書き始めた時から、さまざまな女性同士の関係を追究してきたといえる。「露分衣」(『文芸倶楽部』一九〇三・二)や「葛の下風」(『新小説』一九〇六・七)では、義理の姉妹間の自己犠牲や義侠心を描き、「老」(『文芸倶楽部』一九〇九・四)では、いがみ合う老女の心底に、実は通い合う同情があることを描いた。また、「あきらめ」(『大阪朝日新聞』一九一一・一・一〜同年三・二一)や「春の晩」(『新潮』一九一四・六)における女性同士の濃密なセクシュアリティも挙げられる。その関係は、友情、姉妹などの肉親の関係、同性愛などに大別できるが、それらがはっきりとは区別できないことそのものに、女性同士の関係を考えるカギがあるといえる。
一九一一（明治四四）年、新潟県で女学生同士が結婚を厭って心中したことを一つのきっかけに、「同性の愛」が大きく取り上げられるようになる。また、雑誌『青鞜』では、たとえば平塚らいてうが、「茅ヶ崎へ、茅ヶ崎へ」（一九一二・五）で尾竹紅吉との愛を記し、幾人かの書き手が同性愛的な作品を書いた。男性との関係に含まれる支配―被支配関係が明らかになるにつれ、それらを拒否した自由な関係として、女性同士の恋愛が期待されてもいたのである。

吉川豊子（一九九八）が述べるように、らいてうは、同性愛を変態的な性欲と位置付ける心理学の摂取などを経て、こうした関係を厭うべきものとして抑圧することになった。しかし一方では、女学校などにおける同性同士の親密な関係は絶えることなく、昭和期にいたる少女文化の中で、意中の人と結ぶ特別な関係が、「S（エス）」などと呼ばれたことは有名である。実は、こうした抑圧と存続の両者は、同時に存在し、互に矛盾するものではないのである。

これは、そうした関係がタブーだったから女学校でだけ密かに保管された、ということを意味しない。確かに、女学校は、入れない男性たちから見れば、禁断の空想をそそる空間だが、そこでの女学生間の関係は、それに触れる言説の多さからも、半ば公認された文化でもあった。しかも、女学生時代に疑似姉妹の関係をもった女性たちの多くは、男性との結婚生活を選んでいた。現在の日本でも、同性愛に関する小説やマンガはあふれていながら、実際の同性愛に対して決して寛容とはいえない状況を目にすることがある。それと類似の二重化した構造を、田村俊子の時代にも見ることができるのである。

「同性の愛」（『婦女新聞』一九一一・八・一一）などに見られるように、当時の言説は、女学校などにおける同性愛的な関係を、二つのタイプとして語っていた。一つは、女性らしく何もかも一緒にしたいという、友情の少し強すぎるもの。もう一つは、「オメ」などと呼ばれ、片方が先天的に男のような性質で、肉体的な接触も伴う夫婦のような生活を欲するものである。同性愛を〈異常〉とみなす当時の科学的言説が標的にしたのは、むろん後者の方である。前者は、実は、恋愛感情を含んでいるともいえるが、それ自体が、異性愛を絶対のものとする社会に含意されていたといえるだろう。なぜなら、男性からの隔離によって女性的な性質を共有し、また純潔を守りながらも、やがて来る男女の恋愛に備えた愛の学習がなされるからである（久米、二〇一三）。女性の純潔は、一人の男性に所有されることを意味し、家父長制には欠かせない女性の美徳である。だが女性だけの教育の場で、純潔主義が行き過ぎれば彼女たちは男嫌いになり、自足してしまう。彼女たちにどのように他者を愛するように仕向けるかは、至難の課題であり、それには、女性同士の〈疑似〉恋愛が、格好のレッスンとみなされたわけである。だから、このタイプの関係だけは、社会が同性愛を非とすればこそ、必要悪的に許容されていたのであり、社会が同性愛全般に寛容だったわけではない。

ただし、女性同士の〈疑似〉恋愛が純潔だという場合、それは〈男性〉の〈肉体〉の有無で考えられていたことに注目すべきである。「オメ」が排斥されたのも、片方の女性が男性に変成して肉体関係が疑われたからである。ここには、女性の特徴を備えた者同士の肉体的接触という概念がはじめから欠落している。女性に積極的な肉欲などがあってはならない、あるはずがない、と思われており、だからこそ、女性同士がどんなに親密にしていても〈純潔〉で〈安心〉だなどといえたのである。

しかし、だとすれば、実体としては、女性同士の肉体的接触も行われていたかもしれない。安全装置としての女性同士の友情は、すぐさま異性愛には回収されない同性愛に寝返る可能性を含んでいたといえる。そして、同性愛は異常で矯正すべきといわれていても、こうした曖昧さを利用すれば、女性同性愛者は、友情としてカムフラージュすることも可能になる。公然の秘密は本当の秘密を隠しているというわけだ。もちろん、仮にそうだとしても、浅野正道（二〇〇一）が指摘するように、小説などでは、それは女学校時代に限定され、卒業すべきものとして描かれていた。また逆に、異性愛の規範を内面化していれば、女性同性愛を実現していながら、本人がそうだと気づけず、むしろ「オメ」のみを女性同性愛と思って嫌悪することも起こりえる。

この時期からはだいぶ時が経った一九七〇年代、アドリエンヌ・リッチ（一九八一）は、「レズビアン共同体」という用語を使って、女性の社会的地位の確保のための連帯を訴えかけた。女性を性愛の対象としない人までも、あえてレズビアンと呼ぶことは、右のようなシステムを内面化し、異性愛を確信している人のなかにも、レズビアン的な欲望があることに気づかせ、同性愛嫌悪を見直させることにつながる。また、右のような状況において、女学校卒業後は、それぞれの夫を優先した生活で、女性同士の連帯は分断される。あるいは、つながりがあったとしても、男性同士の連帯が社会的であるのに対して、私的な連帯に限定される。そうした状況に対して、女性同士の連帯を社会化する必要性は必至であった。

俊子自身は、「同性の恋と云ふものは誰でも一度は感じるもの」、「一種の友情」、「肉的の誘惑のない結構なおもちや」(「同性の恋」『中央公論』一九一三・一)というように、右で述べて来た、社会で許容される同性愛の範囲を守っていたようにも見える(「5 初出「あきらめ」と化粧品広告」参照)。また、「若いこゝろ」(『新小説』一九一六・五)などの同性愛的な感情を扱った小説は、かなり扇情的に書かれている(黒澤、一九九一)。その点で、時代の限界を一人越えられたわけではない。だが、そのとらえ方が揺れていくこと自体に、同時代の構造を読み解くヒントが埋め込まれている。

そして、俊子自身がさまざまな女性と結んだ魅力的な交流もある。煙たがられていたふしもあるが、本人が意識しようがしまいが、女性たちをつなぐ役割をしたことは確かである。後に高村光太郎と結婚して有名になった長沼智恵子との親密な交際、また、晩年まで親交のあった湯浅芳子は、宮本百合子と同棲していたことでも有名だが、女性同士のパートナーシップを実行していた人物である。また、今まで言及されることはなかったが、たとえば『青鞜』を見ると、俊子の作風を学んだと思しき作品がある。娘芝居の役者への女性の執着を描く浜野雪「蝙蝠」(一九一四・四)は俊子の芝居趣味や女性同士の関係を学んだものであろうし、牧野君江「一ぱいの湯の味」(一九一五・二)は、夫が妻に男がいると疑って暴力をふるう、「炮烙の刑」ばりの作品である。まだ試作だが、次世代の書き手を産む女性のつながりが、一つずつ結ばれているといえよう。

■参考文献
浅野正道(二〇〇一)
久米依子(二〇一三)
黒澤亜里子(一九九一)
吉川豊子(一九九八)
アドリエンヌ・リッチ(一九八一)

(小平)

『大陸日報』

一九〇七(明治四〇)年六月二二日、カナダのバンクーバーで創刊された日系コミュニティ新聞(〜一九四一年一二月六日)。創刊時は北米において、日系移民への排斥運動が高まっていた時期である。『大陸日報』は、白人カナダ社会に対して同化するのではなく、日本人としてのナショナリズムを維持しようとする傾きをもっていたという。

『東京朝日新聞』の記者であった鈴木悦は、大陸日報社の社長山崎寧によって『大陸日報』主筆として迎えられた。カナダ移住後、俊子は「鳥の子」のペンネームで、『大陸日報』に論説や短文、詩や短歌などを発表している。『大陸日報』と俊子の活動については、狩野啓子、岩見照代が論じている。とりわけ一九一九年八月から、俊子は「土曜婦人欄」を設け、「この町に住む婦人達に」「自ら働ける婦人達に」「自己の権利」などを精力的に執筆し、英会話を習得することを進めるなど、日系の婦人たちの啓蒙を目的とした文章を書き綴った。『大陸日報』の文学テクストがもつ、言説の場としての力学を考察した日高佳紀の論考も参考にしたい。また、宋連玉は、当時のカナダにおける人種差別やナショナリズムと恋愛をめぐる思想的傾向が『大陸日報』にどのように現れ出ているのかを論じている。

■参考文献
狩野啓子(二〇〇五)
岩見照代(二〇〇五)
日高佳紀(二〇〇八)
宋連玉(二〇〇七)

(内藤)

移民・社会主義・労働運動

バンクーバー時代について回想した俊子のエッセイ「一つの夢」(『文藝春秋』一九三六・六)を読むと、鈴木悦の移民労働者を組織して組合を作る活動に対してもはじめは「傍観」していたものの、次第に労働運動や社会主義思想を吸収し、婦人の啓蒙に力を入れた活動をするようになってゆく当時の状況がうかがい知れる。鈴木悦は労働運動の拠点となる「民衆社」を設立し、一九二四年三月二一日に『日刊民衆』第一号が発刊される。俊子も民衆社に参加し、尽力した(詳細は「1 俊子の人生」参照)。

こうした体験は、日本帰国後に執筆された小説のなかに豊かに反映されているといってよい。「カリホルニア物語」(『中央公論』一九三八・七)や「侮蔑」(『文藝春秋』一九三八・一二)には、アメリカの移民社会において、とりわけ二世たちがどのように人種差別や階級化の構造と対峙したのかが描かれ、また、「残されたるもの」(『中央公論』一九三七・九)には、子どもの貧困や階級の問題が扱われている。

「侮蔑」の主人公ジミィは、「一九二〇年頃の、いちばん頂点の排日の悪感情の空気の中で、恥ぢの多い少年期を過ごした二世の一人」であり、「アメリカの市民でゐながら、白人種の中で仕事が求められないことや、アメリカの教育を受けてゐながら、アメリカ市民と同等の待遇が受けられない」ことを真面目に考え、市民権を求める「二世運動」を起こした青年である。また、「残されたるもの」の主人公・駒吉の亡父は労働争議に関わっており、父の生前、周囲から「立派な闘士になるんだぞ」と声をかけられていた駒吉は、とりわけ争議の理由や労働運動の意義について子どもの駒吉にも熱心に語ってくれた川原という若者を慕っていた。小説のモチーフとして選び取られた、移民という要素、社会主義や労働運動の実践や理論は、作中人物の自己意識に結びつけられながら、社会的マイノリティが未来を切り開こうとする方途が模索されている。

これらの要素が小説テクストのなかに最も色濃く表れているのは、『改造』誌上に掲載された「小さき歩み」三部作であろう(「小さき歩み」一九三六・一〇、「薄光の影に寄る」一九三六・一二、「愛は導く」一九三七・三)。カナダの白人社会のなかで、「白い人種ではない」ことが「限りない寂しさ」を生むことを知った日系二世のジュンを主人公とするこの小説は、俊子の移民社会へのまなざしや観点、労働運動や社会主義思想のとらえ方をあますことなく描き出しているといってよい(「9　双子型ストーリーの謎をひらく」参照)。

学校で教えられる、人間は平等である、という論理を吸収している学生たちは、学校の中ではジュンを差別したりしない。だが、大人に近づくにつれ、学校の外の「ソシアル・ライフ」において、白い人種とは異なる者を「除け者」「別な者」にする侮蔑のまなざしがあることを、幼い者達も内面化してゆく。

重要なのは、二世達の抱く疎外感が親である一世たちの意識とは大きく隔たっている点にあり、俊子の論理はつねに、移民社会のなかに横たわる一世と二世の対立や葛藤を注視しているのである。ジュンに社会主義運動の理論を体得させていく契機をもたらすのは、労働組合の講演会である。弁士のキーラムは、資本主義社会がもたらす人種差別、宗教差別、言語や文化をめぐる差別を批判し、無産階級を解放するものとして社会主義運動を語るが、成長していく過程でジュンは、資本主義や帝国主義が作り出す差別の構造が、実のところ経済的な階級構図を人種的差別と接続させるものであることを学び取っていく。

ジュンが主張するのは、「白い人種」に勝ちたいのではなく、「白い人種でない」ことの屈辱に負けたくない、という点である。そうした論理をもちながら、安い賃金で労働を請け負ってしまう日本人労働者が、カナダの白人たちにとって「生活の脅威者」となって憎悪の対象となることを聞いたり体験するなかで、社会人としてお互いが協同することの必要性を考える。帝国主義や資本主義が加速していく時代背景のなか、「新らしい理想」をまなざす俊子の主人公がもった目線は、人種や性別、階級による差別の境界線を編み直すために必要な物語のコードだったといえるだろう。

（内藤）

『女聲』

『女聲』は、一九四二（昭和一七）年五月から一九四五（昭和二〇）年七月まで、上海で発行されていた、中国語の女性向け雑誌である。俊子が、一九三八（昭和一三）年の暮れに中央公論社の特派員として中国に赴いた後、南京国民政府の顧問であった草野心平を通じて、太平出版印刷公司の名取洋之助の協力をとりつけ、発刊したものである。発刊の辞には、「乃婦女呼聲、為婦女而聲、由婦女發聲」（女性の声、女性のための声、女性からの声）とあり、女性の解放と教養が志された。発行部数は四千～五千とも、一万余とも言われている。『女聲』時代の俊子のペンネームは、左俊芝である。中国語がさほど出来ない俊子を助けたのは、詩人の関露であった。

日本軍の占領下で発行された『女聲』は、当然ながら日本側のプロパガンダ誌であり、関露も〈漢奸〉とされた。だが実は彼女は、日本側の情報収集という任務を負って潜入した中国共産党の地下工作員だった。彼女は、一九〇七年山西太原生まれ、一九三〇年代に中国左翼作家連盟に加入、一九三二年に中国共産党に入党している。日中両国において、『女聲』周辺の研究が活発化したのは、一九八二年に中共中央組織部が彼女の名誉回復の決定を下してからだといえる。

『女聲』についての研究は、まず渡邊澄子（一九八八ａ）が先鞭をつけ、総目次を含めた数多くの論考を発表している。「4 研究案内」も参照いただきたいが、渡邊（二〇〇五ａ）には、氏の既発表論文の総括と、この領域ですでに成果を挙げてきた岸陽子、与小田隆一、前山加奈子の論考が収められた。他に、『女聲』投稿者の一人であった丁景唐「関露同志と『女聲』」の翻訳があり、分散していた抗日運動の同志数名が『女聲』に投稿していたとする貴重な証言である。上海時代の俊子については、阿部知二「花影」（『文学界』一九四九・六）や、武田泰淳の「上海の蛍」（『海』一九七六・二～同九）にも描かれているため、大橋毅彦らの注釈も参考になる。

『女聲』記事は、評論だけでなく、衛生、娯楽や文芸、美容やファッションなど、多領域にわたっている。俊子は中国語が堪能なわけではなかったので、誌面構成には、翻訳者や協力者の存在が大きいことは、諸家が指摘している。渡邊は、一連の研究において、編集後記にあたる巻末の「餘聲」、読者から寄せられる投書に対する回答「信箱」が多く俊子の意見を反映したものとして、同じ女性という立場から、中国の女性と真摯に向き合って主体性の確立を望み、日本軍国主義の中国侵略に抵抗したと評価する。

ただし、『女聲』の立場には、別の見方もある。王紅は、『女聲』の複雑な立場を理解した上で、たとえ『女聲』に「平和」や「戦争がよくない」という表現がみられたとしても、日本の傀儡である汪兆銘（汪精衛）政府の事情によるものであり、単に中国女性の解放を目指したとは言えないとする。プロパガンダか抵抗かは、必ずしも二項対立的に単純に割り切れるわけではない。呉佩珍が、俊子と関露に、ナショナリズムを超越した「女性同士の姉妹的連帯《シスターフッド》」をみているように、さまざまな方向性の違う思惑の輻輳そのものをみていく必要があろう。

『女聲』全体の記事の傾向は、先行研究に譲るとして、ここでは、特に俊子に関わる記事についてのみ述べる。「俊生」の署名で書かれた記事は、映画について書かれた「四月影壇」（一九四二・五）、「五月影壇」（一九四二・六）、「六月影壇」（一九四二・七）、「影壇雑記」（一九四二・八）だけであるが、かなりの取材を要するこれらを、演劇に関心があったというだけで、一人でこなせるか疑問である。だが呂元明が、俊子が編集部員とともにさまざまなところに精力的にインタヴューに出かけていることを指摘している。記事としては、惟為による「張善琨先生訪問記」(一九四二・六)や、芳君(関露)「訪問梅蘭芳先生」(一九四二・九)などに俊子の名が見える。こうした協力体制のなかで、映画に関する署名記事も書かれたと考えればよいだろう。

この頃は、加藤厚子や、晏妮が述べるように、日本の中国大陸における映画工作が、消極的工作から積極的工作へと転換する頃である。中支那派遣軍が中心となり、傀儡政権である中華民国維新政府から出資を得て設立されたのが中華電影股份有限公司であり、これが上海映画の配給を掌握したという経緯の中、「上海の映画製作会社は抗日要素を持つ作品の製作を避け、娯楽要素の強い作品ばかり作るようになった」という(後藤康行、二〇〇六)。この中華電影は、『女聲』の有力な広告主の一つでもあった。

そして、一九四二年四月にはさらに、中華電影、新華、芸華、国華の共同出資金をもとに、制作会社一一社を統合した中華聯合製片股份有限公司(中聯)が誕生している。俊子の「四月影壇」では、中聯以前の作として、陳燕燕主演の「標準婦人」をメインに取り上げ、「五月影壇」や「影壇雑記」では、中聯の「売花女」、「胡蝶夫人」、「牡丹花下」、「香衾春暖」、「燕帰来」、「鴉片之戦」を紹介している。恋愛や復讐、アクションといった娯楽的な作が多いが、撮影中の映画についても詳細なストーリーの紹介や撮影の情報があり、実際に見た感想とは様相が異なる。前述の「張善琨先生訪問記」とあわせて(張善琨は、中聯の総経理である)、日本側の思惑の宣伝といった色はぬぐえない。「影壇雑記」では、日本映画「暖流」などの上映予告にも触れている。

俊子の署名記事以外の文学関連として、第二回大東亜文学者大会に関露が出席した際の思い出(「東京寄語」一九四三・九、「東京憶語」一九四三・一〇)があり、また、宮沢賢治「注文の多い料理店」(一九四三・一二)や豊島与志雄「銀の笛と金の毛皮」(一九四四・五〜七)、武者小路実篤「愛と死」(一九四四・七〜一二)をはじめとする日本の児童文学、小説などの翻訳も載せている。

俊子は、この事業の半ばで亡くなったわけであるが、没後の一九四五年七月には、石上玄一郎、陶晶孫、内山完造、草野心平、関露、知堂(周作人)による追悼文が掲載されている。特に、最後まで行動をともにしていた関露は、「我和佐藤俊子女史」(「私と佐藤俊子女史」)で、俊子が変わり者として敬遠されていたことについて、次のような意味を述べている。理想を持たない人は、追求もない。追求がなければ失望もない。失望がなければ、恨みも憎しみも、苦悶もない。いつも微笑んで礼儀正しく、優しくいられるのは、このような人だ。反対に、理想を持つ人は、多く考え、多く愛し、それがかなえられないゆえに、怨みも多い、と。雑誌自体の研究としては、俊子の顕彰というだけでなく、複雑なありようを今後も解明していく必要がある。だが、二人が立場の違いを超えて、人として共鳴する部分があったことは確かである。

＊中国語翻訳に関して、郭暁麗氏と許静如氏にご協力いただきました。

■参考文献

晏妮(二〇一〇)
呉佩珍(二〇〇二)
王紅(一九九八)
呂元明(二〇〇一)
大橋毅彦・趙夢雲・竹松良明・山崎眞紀子・松本陽子・木田隆文(二〇〇八)
加藤厚子(二〇〇三)
後藤康行(二〇〇六)
渡邊澄子(一九八八a、一九八八b、一九八九、一九九八、二〇〇五)

(小平)

自筆原稿・書簡

直筆の原稿や書簡に、翻刻した活字を読むだけではわからないさまざまな情報を読むことができるのはいうまでもない。

たとえば、一九一二(大正元)年一二月一九日(消印)岡田八千代宛書簡は、「い、本ですね／私の大好きな　また私には姉さん株のあなたの本だと思ふと嬉しくつてたまりません(中略)この巻紙の蝶でせうあなたの本も」という内容の通り、榛原《はいばら》製の、蝶の地模様のある巻紙に書かれている(日本近代文学館資料叢書『文学者の手紙5　近代の女性文学者たち』博文館新社、二〇〇七年)。榛原は、江戸から現在まで続く、日本橋の老舗の和紙舗である。八千代が、彼女の著書『絵の具箱』を送ったことに対する礼状なのだが、この『絵の具箱』は、いわゆる胡蝶本の一冊として刊行された。

胡蝶本とは、明治末から大正初期にかけて籾山書店から刊行され、橋口五葉による木版の蝶の表紙で統一されたシリーズである。泉鏡花『三味線堀』、小山内薫『大川端』、谷崎潤一郎『刺青』、永井荷風『すみだ川』など、二四冊が刊行されている。わざわざ蝶の模様の巻紙を選んだのは、八千代の本からの連想であるが、それだけではない。演劇に関わっている両者は、初代中村吉右衛門（一八八六年～一九五四年）に入れあげていた。彼の定紋は揚羽蝶である。蝶は、二人の符牒なのである。

一九一六（大正五）年ごろ、俊子に宛てた吉右衛門の手紙が松魚に発見されたことで、大きな悶着があり（湯浅、一九七三）、田村松魚も、俊子と別れた後に書いた小説「歩んで来た道」（『やまと新聞』一九一八・四・一二～同年七・五）の中で、俊子と八千代が「蝶の役者」を争って買ったと暴露している。舞台上のスターへの憧れよりもさらに近しい関係であったようだが、吉右衛門をめぐる八千代との関係は、ライバルというわけにもいかないようである。「2 作品案内」「春の晩」の項で述べたように、俊子は、男性に恋をしている女性、あるいは自分と同一の男性を愛する女性に対し、セクシュアリティも含めた魅力を感じている。八千代の場合も、複雑な、友情以上の強い感情を、互に持っていたようである。俊子の鈴木悦への傾倒もあって、後に仲たがいをすることになるとはいえ（田村俊子「岡田八千代氏に」『読売新聞』一九一八・五・二六、岡田八千代「俊子さんに」『読売新聞』一九一八・六・二）、八千代宛ての書簡には、文字から伝わる息遣いはもちろん、紙や絵葉書の写真の選択も含めた身体性を垣間見ることができる。翻刻されていない書簡もあるので、今後も研究が待たれる。

一方、原稿・草稿については、閲覧できるものは数少ない。写真版で見ることができるのは、保昌正夫の「友達」（『淑女画報』一九一六・一）程度である。ただし、数葉からでも、俊子の推敲の一端を伺うことはできる（小平、近刊b）。たとえば、『東京日日新聞』夕刊に、一九三八年三月二日から六日、八日に連載された文芸時評の草稿が神奈川近代文学館にあるが、同じ部分を何回も書きなおしていることがわかる。

このうち、三月八日に掲載された「『沃土』の明るさ 豊醇な田園描写の魅力」は、和田伝「沃土」（砂子屋書房、一九三七年）について、長塚節の「土」と対比し、「土」に描かれていた貧苦に虐げられる農民の人間苦は描かれておらず、「明るい」「大幅の田園風景」の絵のようだという内容である。

草稿の一枚には、掲載テクストには無い、「因果応報の伝説的な農民の迷信さへも、作者は道徳的にこれを美化しやうとしてゐるところがある」、また別の一枚には、「この作から感じる明るさは作者の思想が示す一とつの方向から与へられる希望の明るさではなく、農村生活の惨めさを有るが儘の姿として作者の道徳観がこれを正当化してゐるのである」と書かれている。掲載されたテクストよりも、草稿の方が批判の舌鋒が厳しいことがわかる。

同様に、「リアルな優れた大幅の田園風景」というポジティブな判断は、掲載テクストでは結論だが、草稿ではもっと前に組み込まれており、それが明るく見える原因を、批判的に分析していき、旧道徳の是認という結論に辿りつくことになる。つまり草稿の「大幅の田園風景」には、単に〈きれいな絵〉でしかないという皮肉の意が強いのである。批評であるせいもあろうが、活字にする際に各方面に配慮している様子を見ることができる。

また、神奈川近代文学館所蔵の「中支で私の観た部分（警備、治安、文化）」と題された草稿のように、掲載は確認できないが、これによって俊子の動向がわかるものもある。これは、末尾に「北京。二、一二」とあり、俊子が一九三八（昭和一三）年一二月より、中央公論社の特派員として中国に赴いたことから、一九三九（昭和一四）年二月の執筆と考えられる。

この原稿は、中央公論社の社員であった藤田圭雄《たまお》の旧蔵で、生前の藤田から見せてもらったという江刺昭子（一九七六）は、「『中央公論』に送られてきたが雑誌が廃刊になった」と書いている。『中央公論』への廃刊命令は一九四四（昭和一九）年七月で、江刺は原稿に「昭和十九・二・一二　北京」とあるとも書いているが、原稿の末尾には、既に述べたように日付だけが書かれており、内容は、暗殺された杭州市長の焼香に行ったことが書かれているから、一九三九（昭和一四）年一月のできごとである。なお調査が必要であるが、内容の出来ごとから五年も経ってからその体験を書くとは考えにくいことから、中国に赴いた初期のものではないかと推測する。

内容は、「戦線へ行くのが目的ではなく、後備区域の治安、文化の建設又は工作を見るのが目的」で、南京から鎮江、揚州、杭州などを、軍部の手厚い保護のもとにまわった見聞記である。やや生硬な書き方で、杭州や揚州では、河を挟んで敵と対峙する警備兵の過酷な状況、それによって保たれている城内の治安を記し、蘇州では、参謀長の「討伐にさへも相手の生命を奪ひ、又住家を焼き払ふことを絶対に戒めてゐる」という高潔な人柄を記す。日本の傀儡政権である中華民国維新政府についての記述も多く、ほぼ軍部の意図どおりに書いたといえる。

ただし、蘇州の女学校開校や婦人たちの動向に眼をとめるなど、後の俊子の活動につながる部分もないわけではない。一九四〇(昭和一五)年九月には、「私はこゝで若《も》しかすると中国婦人の間に新文化運動を起すかも知れません。たつた一人でです」(『女性展望』)と書いているが、決意に至るまでの経緯の一端が窺える。

作品における女性の自立をみることの重要さは無論だが、近代文学研究としての基本的な調査も必要である。

■参考文献

江刺昭子(一九七六)
小平麻衣子(近刊b)
保昌正夫(二〇〇一)
湯浅芳子(一九七三)

(小平)

4　研究案内

はじめに

田村俊子をめぐる批評の磁場は、そのときどきの批評的言説の論理との影響関係をもちながら、いくつかの変動を経てきた。

まず、大きな見取り図を示しておこう。俊子の生きた同時代の評価のなかでは、田村俊子が「新しい女」であるのかどうかをめぐっての議論があり、俊子あるいは俊子の文学が新しいのか旧いのかという二項対立的な問いがつねに参照される傾向にあった。そうした傾向は、俊子の伝記的事実と作品とを結びつけながら作品を読解する、作家論的な研究のなかに引き継がれてゆく。

大きな変化があったのは、フェミニズム批評が隆盛を迎えた八〇年代後半である。女性作家としての俊子の生き方、描かれた作品が、家父長制的な規範や男性中心主義に対する抵抗や挑戦の軌跡を示したものとして、新たに価値づけ直されたのだ。「新しい女」のイメージを起点とした単純な二項対立は次第に問い直され、また、雑誌『女聲』の現物が発見されたこともあり、中国での晩年期に注目が集まり、再評価がなされた。

九〇年代以降は、個別の作品を詳細に論じた作品論やテクスト批評も数多く執筆され、また、同時代の規範や男性中心主義に対する抵抗といった図式とは異なる視点からテクストへの接近を試みたフェミニズム批評、広く同時代の言説とのかかわりから文化的文脈そのものを問い返す、カルチュラル・スタディーズの方法論をとった研究も現れる。加えて、カナダから帰国した後に俊子が著したテクスト群に見られる、人種、民族、階級をめぐるテーマにも焦点があてられ、ポストコロニアルな視点から、テクストに現れた差別構造とその批評性について議論が重ねられつつある。

こうした先行研究を整理したものとして参考になるのが、同時代評価から現在に至る批評軸の変化とその意義について明快に提示した、鈴木正和「研究動向　田村俊子」（鈴木、二〇〇〇b）や、本格的な職業作家として文壇的に成功した初の女性作家として俊子を定置した、黒澤亜里子「田村俊子」（黒澤、二〇〇〇）、坂敏弘「田村俊子参考文献目録・増補〈一九八三―八八年〉」（坂、一九八九）、「田村俊子・野上弥生子参考文献目録・補遺（2）」（坂、一九九二）、「田村俊子・野上弥生子参考文献目録・補遺（3）」（坂、一九九三）などである。

現在の研究動向を大まかにつかむためには、俊子の活動や作品をジェンダー構図を意識した上で位置づけ直した、渡邊澄子編『今という時代の田村俊子――俊子新論』（渡邊、二〇〇五a）を手に取ってみるのがよいだろう。また、山崎眞紀子『田村俊子の世界――作品と言説空間の変容』（山崎、二〇〇五a）は、俊子の作品に付された複数の名前と言説空間の変容を年代順に検討し、田村俊子の作品群を「巨大な運動体」として描出したもので、ジェンダーの視点を前提としつつ俊子作品の全体像をつかむ上で参考にしたい一冊である。

なお、『近代文学研究叢書』五五巻（昭和女子大学近代文学研究室、一九八三）に、大塚豊子による俊子の著作や生涯、業績についての解説と、佐藤道子の調査による著作年表、資料年表があるので参考にしたい。

前半期の主要作品を収めたものとしては『田村俊子作品集』（全三巻、一九八七〜八八、オリジン出版センター）があり、また、二〇一二年からは『田村俊子全集』（全九巻＋別巻、ゆまに書房）が刊行されている。俊子をめぐって、あらたに全体像の見直しがなされつつあり、評価軸は更新されていくことだろう。

1 女性作家へのまなざし

俊子の同時代評価をつかむためには、一九一〇年代に三度にわたって組まれた特集にあたってみたい。「田村とし子論」（『新潮』一九一三・三）、「田村俊子論」（『中央公論』一九一四・八）、「田村俊子氏の印象」（『新潮』一九一七・五）がそれである。

また、評伝的に書かれたものとして、瀬戸内晴美『田村俊子』（瀬戸内、一九六一）、福田はるか『田村俊子――谷中天王寺町の日々』（福田、二〇〇三）、工藤美代子、スーザン・フィリップス『晩香坡《ヴァンクーヴァー》の愛――田村俊子と鈴木悦』（工藤・フィリップス、一九八二）など、また同時代を証言したものとしては、丸岡秀子『田村俊子とわたし』（丸岡、一九七七）、湯浅芳子『いっぴき狼』（湯浅、一九六六）があるので、時代背景を知る手がかりとしても参考にしたい。

とはいえ、現在の地点から振り返ってみると、同時代の枠組みにも、また、かつての研究の枠組みにも、男性的な目線や価値観を標準とする評価軸が機能していたといわざるえをえない。したがって、女性作家としての田村俊子を考察する際には、ジェンダー構造から生じる力関係に意識的になる必要がありそうだ。そうした意味で、水田宗子「ジェンダー構造の外部へ――田村俊子の小説」(水田、二〇〇五)が示した観点は重要である。水田は、規範から逸脱した俊子の生を彩る「不幸」のイメージは、奔放な恋愛、放浪、その結果の転落といった要素への興味として、作品の外側から俊子作品を意味づける視点と表裏であると指摘している。俊子をめぐる研究のなかには、驚くほど彼女の容貌についての言及が多いが、俊子像を作品の中に創出された極限状態にある主人公と重ね見る目線こそが、俊子をめぐる言説を容貌への叙述によって満たしてきたのだ、と水田は論じている。そして、猟奇の目によって俊子を見る目線によって、俊子は男性同士の絆を前提とするホモソーシャルな文学共同体のスケープゴートとされてきた、というわけだ。

たとえば、作家論的な論考として参照されることの多い、和田謹吾「木乃伊の口紅・あきらめ」(和田、一九六八)は、俊子について、作品より生涯の方がはるかに興味と問題を備えているのだと強調する。文筆活動全体において彼女の名をとどめてきたのは、田村俊子時代の数編に過ぎないが、女性の目覚めをテーマとした作品は、次第に視野を狭めた、愛する男を選ぶ自由へと矮小化されていった、と意味づけていく和田論は、その点にこそ近代の女性をめぐる悲劇があるとして俊子の作品と人生とを連続させてとらえるが、現代的な観点から考察する場合には、生涯と作品とが連結される際のジェンダーの力学についても、意識と配慮が欠かせないということになるだろう。

2 フェミニズム批評——作品集の刊行

さて、八〇年代後半以降本格化していく田村俊子研究にとって、『田村俊子作品集』(一九八七〜八八)の出版は大きかった。カナダ帰国後の諸作品をのぞけば、主要な小説が収録されており、また日記、書簡、随筆なども収められている。解説や月報に掲載された論も充実しており、その後の研究にとって重要な指針を示した内容となっている。

作品集刊行の前後から書き継がれていくフェミニズム批評のなかで、大きなテーマとなったのが、女性の自立、家父長制度との葛藤や闘争、「新しい女」という存在との影響関係、「男女両性の相剋」問題、雑誌『青鞜』とのかかわり、作品に描かれた官能性などである。

代表的なものとして、黒澤亜里子や長谷川啓の諸論考が挙げられる。黒澤亜里子は、「『遊女』から『女作者』へ——田村俊子における自己定立の位置をめぐって」(黒澤、一九八五a)において、作品名を改題した俊子の身構え、すなわち、差別化された構図のなかで磨かれてきた「遊女」の情緒を文化的な連続性において自覚的に引き受け、近代文学のなかの「女作者」として立とうとする俊子の姿勢こそが、近代文学における女性作家の位置を象徴しているととらえた。また、黒澤は、「近代日本文学における《両性の相剋》問題——田村俊子の『生血』に即して」(黒澤、一九九五)のなかで、『青鞜』を中心に繰り広げられた「両性の相剋」問題を、新しい女にとって最も切実なテーマとして取り上げ、同時代の言説を概観しつつ、「生血」に即して分析している。恋愛は、男たちにとっては、父権制や国家・家制度からの脱出と生の拡充という意味をもったが、女たちはそうした図式を共有することはできず、愛の対等性の公式と現実との間にギャップを感じざるを得なかった。そうした状況下にあって、俊子は男を「微弱な権力」として定義し、性に呪縛された女の自我を描くことで、新しい女の自己意識に一つの形式を与えたのだ、という指摘がなされている。さらに、「生血」の分析としては「解説　ジェンダーと〈性〉」(黒澤、一九九八)がある。「生血」における女の憎悪は、初めての性体験や処女喪失という事態というよりは、男の意識下の性的優越感に向けられたものであり、そこでは性をめぐるディスコミュニケーション、男女両性の葛藤、相剋という非常に新しいテーマが描き出されている。このように、黒澤論は、俊子の文学が「新しい女」の自意識に一つの個性的な形式を与えたという視点を打ち出した。ほかに、重要な論点を提示したものとして、長沼智恵子と俊子との関係、『青鞜』をめぐる状況などをふまえ、智恵子の側から「生血」「悪寒」などを分析した『女の首——逆光の「智恵子抄」』(黒澤、一九八五b)もある。

一方、長谷川啓は、「初出『あきらめ』を読む——三輪の存在をめぐって」(長谷川、一九九八)で初出紙と初刊単行本を比較し、初刊では三輪の登場場面、姉妹や女友達の群像を描いたポリフォニックな世界が削られ、新しい女の自立志向のイメージが希薄化したと指摘する。「書くことの〈狂〉——田村俊子『女作者』」(長谷川、一九九五)では、『青鞜』の盛衰と運命を共にした感のある田村俊子にとって、そのテーマはつねに「新しい女」のテーマと響き合うものであったという観点を明瞭に示す。『青鞜』や女性作家たちを比較・参照しながら「女作者」について分析した長谷川論は、「女作者」に埋め込まれたテーマを、(一)書くことの狂気、(二)女のサディスティックなセクシュアリティ、(三)男女両性の相剋から生じる苦しみ、(四)女という制度をめぐる両義的な願望、と析出してゆき、「女作者」が近代の女性作家たちの直面した「書くことの〈狂〉」を象徴的に提示した作品だと位置づけている。また、

「妻という制度への反逆――田村俊子『炮烙の刑』を読む」(長谷川、一九九六)では、作品テーマを、妻による過激な制度への反逆としてとらえている。俊子の女性登場人物は、悪女像の地平から出発しており、争闘は官能へと結びつくため「身体的嗜虐的官能的反逆性」がみられ、それが強烈な自我意識と相関関係にある、と読解する長谷川は、「男女両性の相剋」は単なる争闘ではなく、支配・被支配の関係を転倒するものとして上演されており、いわば父権制秩序からの越境の物語なのだ、と主張する。こうした観点は、「悪女の季節――父権制秩序への反逆者たち」(長谷川、一九九七)にも踏襲され、良妻賢母の規範を拒否する「悪女」の可能性を論じるにあたって、「木乃伊の口紅」を取り上げ、みのるの表象に「自立と解放を渇望する女の主張が込められている」ことを読み解く。

こうした議論と類縁性をもつと思われるのが、中村三春「田村俊子――愛欲の自我」(中村、一九九二)である。中村論は、作品タイトルの「女作者」という語それ自体に注目し、女が作者であるという事態が、近代の制度的空間に軋轢を生じさせていること、そしてそうした軋轢がテクスト上で可視化されていることを評価する。作中内の化粧という行為は、「女作者」の執筆を導くテクノロジーにほかならず、化粧する女作者は夫(男)と共にある女(妻)としての書き手として定位される。中村は、そうした関係性にあって、男への復讐と依存関係とがアンビバレントに女作者を拘束しているというシステムに、フェミニズム的な先見性が見出されると論じている。

また、田村俊子の諸作品が男性による性的対象化の力学にとりかこまれ、作者の実像を補強するような読解を受けてきたことを批判する立場を打ち出した鈴木正和も、フェミニズム批評のテーマや関心を共有しながら、精力的に作品論を発表している。「田村俊子『女作者』論――女の闘争過程を読む」(鈴木、一九九四ａ）、「彷徨する〈愛〉の行方――田村俊子『生血』を読む」（鈴木、一九九六）、「田村俊子『彼女の生活』論――語り手の捉えたもの」（鈴木、一九九八ａ）、「田村俊子『破壊する前』論――道子の辿り着いた地平」（鈴木、二〇〇〇ａ）等はいずれも、実在人物の形象に登場人物を重ねて読解するのではなく、小説の構造に向きあった作品論が書かれるべきだという観点から論じられた作品論である。

3　空白の中国時代と『女聲』への注目

一方、渡邊澄子は「田村俊子の『女聲』について」（渡邊、一九八八ａ）で、伝記研究が遅れ、俊子の中国時代が空白となっている状況にあって、瀬戸内晴美『田村俊子』のなかに描かれた俊子の晩年イメージが定着しているありようを批判した。瀬戸内の描いた中国時代の俊子像は、男性作家による俊子評に基づいたものであり、男性目線によって作られたイメージに過ぎない。男たちの目からみれば、悲惨、老醜、ということになったのだろう、という批判である。渡邊は『女聲』をめぐる資料を整理・紹介する一方で（「資料紹介　佐藤（田村）俊子と『女聲』」渡邊、一九八八ｂ、続編・渡邊、一九八九）、「田村俊子――『女聲』が見せるその晩年」（渡邊、一九九八）などの論考で、『女聲』誌上の記事を分析することを通して、瀬戸内晴美の描いた晩年イメージを批判的に再検討し、読者に向けられたメッセージのなかに中国の女性たちに寄せた情愛を読み取った。「田村俊子を読み直す――天賦人権論者を生ききった新像」（渡邊、二〇〇五ｂ）では、上海時代の俊子について、日本軍部に取り入って援助を得た帝国のプロパガンダといった印象が流通してきた状況を改めて批判し、俊子の人道的社会主義思想が現れた

『女聲』は、ジェンダー・イデオロギーや軍国主義への抵抗が読み取れる雑誌だと意味づけている。

渡邊によって見出された新たな俊子像の延長で、現在までに『女聲』研究は多角的に展開されてきている。池上貞子「田村俊子と関露――華字雑誌『女聲』のことなど」(池上、一九九二)は、俊子とともに『女聲』編集にかかわった関露が書き残した資料等から、上海における俊子とその周辺の状況、俊子の活動姿勢を検証した。あるいは、呂元明は『中国語で残された日本文学』(呂、二〇〇一)の第九章で、中国滞在初期、北京での俊子の人道的社会主義には限界があり、日本の中国侵略を支持していたとして批判しつつも、『女聲』においては、封建主義や旧制度を批判し、女性解放を唱え、それとなく抗日思想を喧伝する場を醸成した誌面作りがあったと評価する。呂論においては、中国共産党の地下工作者であった関露との信頼関係によって成り立っていた『女聲』を通して、晩年を中国に捧げた俊子の姿が描出されている。

他方で、『女聲』を女性啓蒙誌とみる評価については、異論も提出されている。王紅「上海時代の田村俊子――中国語の雑誌『女聲』を中心に」(王、一九九八)は、『女聲』の役割や性質を考察するためには当時の中国の政治状況との関係を視野に入れる必要があるという立場から、創刊の事情や資金の出所なども含めた同時代状況を押さえた上、上海での日本軍部と汪兆銘(汪精衛)政権における政治的思想を念頭に考察した論考である。王は、『女聲』の誌面から、女性たちを啓蒙しようとする意図や、中国女性解放運動の役割を見出すことは可能だが、日本文化の浸透を企てていた政権への追従、すなわち大東亜共栄圏思想の浸透を図ろうとする傾きをこそ見逃すべきではないと論じ、『女聲』には当局への同調があり、日本政府の対中国侵略政策に文化的な面から協力してしまっている側面のあることを強調している。王は結論として、『女聲』研究の文脈にあって、俊子の役割は過大評価されており、現実にはむしろ関露をはじめとする三人の編集者による尽力が大きかったという見解を示し、啓蒙の役割があったとすればそれを主として担ったのは関露であると述べている。

空白だった中国時代については、その後も検討が加えられ、岸陽子「三つの『女聲』——戦時下上海に生きた女たちの軌跡」(岸、二〇〇五)では、俊子と関露を中心に刊行された『女聲』が中国の女性解放に一定の足跡を残したと評価し、俊子は発行部数の減少を理由に政治色を拒み、女性たちの日常における問題をテーマに、文化的香気の高い雑誌にするという編集方針を貫いたのだと述べている。岸論は、刊行十年前に王伊蔚によって社会主義を志向した同名の雑誌『女聲』が創刊されていることに触れ、名前の「盜用」は、その志を継ごうとした関露のメッセージといえるのではないかと推定する。また、与小田隆一「中国文学研究における『女聲』と田村俊子——伝記文学『魂帰京都—関露伝』に見る田村(佐藤)俊子像」(与小田、二〇〇五)は、中国の関露の伝記小説にみられる俊子像を検証する。与小田論は、共産党寄りの思想性が強調されている点には検証の余地があるとしながらも、そこには瀬内晴美によって一般化されたイメージとは異なった俊子の姿、すなわち関露への思いやりや中国女性に対する配慮、日中友好と反戦思想が見受けられると考察している。

4　批評的な図式を超えて

フェミニズムの視座から積み重ねられていった俊子研究のなかでは、男性化された制度への抵抗、新しい女の自我といったテーマや構図が鮮明に打ち出されたが、それとは異なる観点から文体や表現技法を考察した論文も数多く執筆されている。

文体に注目したものとしては、柴瑳予子「田村俊子『あきらめ』以前の隠れた新聞小説二篇とその文体をめぐる考察」（柴、一九九〇）や、高橋重美「句点の問題——『露分衣』の〈一葉ばり〉検証とその文体的問題点」（高橋、二〇〇二）がある。柴は、一九〇七（明治四〇）年の俊子作品「貴公子」「袖頭巾」を分析し、一葉風の文語体を用いていた露英時代の作品ながら、口語体を志向していることを検証した。すなわち、露伴から離れて新しい文学を志そうとしていた俊子の目指したのが口語体であり、この時期の俊子が紅葉の口語体に学ぼうとし、文体のみならず構成面でも紅葉からの影響を受けていたというのである。「露分衣」を分析した高橋は、俊子が擬古文から言文一致へ文体を変革した際、言語主体の在り方も変化したはずだという観点から、その痕跡を俊子のエクリチュールに探り、〈一葉ばり〉と称される露英時代の俊子の文体のなかに一葉とは同型といえない差異があることを論じる。高橋は、一葉が視覚的受容を志向しているとすれば、露英（俊子）の文章は聴覚的受容に向かって開かれたテクストなのであり、その露英が、句点によって視覚性を導入したのだと結論づけている。

また、一葉没後の女性表現の様式に考察を加えた関礼子『一葉以後の女性表現』（関、二〇〇三）には、「文体の端境期を生きる——新聞小説『袖頭巾』までの田村俊子」が収められている。関は、「女流」の起源としてイメージされがちな俊子が、「全集の女王」としての一葉の影響を最も受けた作家だと位置づけ、俊子が没後の一葉と格闘した様相を検討している。明治三〇年代後半、同時代様式としての文体が急変する時期が俊子の出発期に相当しているが、「旧派」かつ「女流」である一葉と結び付けられるということは、評価でもあり貶下でもあるダブルバインドの状態を意味していた。そうした「評価」

に拘束された俊子は、新聞連載小説「袖頭巾」によって、状況を打開するため、たとえば性的な欲望を抱く内面を描いたり、読者の欲望を刺激するよう一回ごとに山場を設定したり、探偵的なまなざしを書き込むなどの形式上の工夫をこらし、そうした格闘の結果として言文一致体の所有者となったのだ。こうした関の議論は、かつて作家論的な研究史において定型化された文脈とは異なったかたちで、作家の生と文体との結節点を浮上させるだろう。

先に触れた山崎眞紀子『田村俊子の世界』（山崎、二〇〇五ａ）の第一部でも、俊子が佐藤露英・町田とし子の筆名を用いていた初期時代の作品群が、文体や視点、語りといった観点から詳細に検討されている。たとえば「露分衣」では、女性登場人物が関係性を補うという役割を果たすことで、語りの主体として理解されるといった構図があるが、それは男性の自己確立に協力する女性が周縁化される構造へと連なっている。あるいは「袖頭巾」までの初期作品には、女性同士の連帯を男が引き裂くという構図が共有され、女性同士の関係がシスターフッドではなく、家父長制を補強する連帯となっている。作品の構造がジェンダーの力学を補強するような傾きをも備えているという山崎の指摘は、一元的な読解や意味づけをすりぬけてしまう俊子の作品世界のありようを指し示すものだといえよう。

その意味で、九〇年代以降、二項対立的な図式を避ける読解が積み重ねられてきたことは必然的な展開だったと振り返ることができるかもしれない。「あきらめ」を物語の筋から主人公が疎外されていく物語と位置づけた高橋重美「跳梁するノイズ、あるいは物語の解体——田村俊子『あきらめ』の言説空間」（高橋、一九九一）は、テクストが新旧の二項対立によっては決して読解できず、矛盾を多義性や重層性として包含しているという理解から出発する。高橋は、矛盾を含んだ重層性ゆえに生じるノイズこそが、複数性によって解体された言説論理の果てにある、俊子作品のフェミニズム的問題を志向していると読解する。

光石亜由美「女作者が性を描くとき――田村俊子の場合」、「田村俊子『女作者』論」（光石、一九九六）（光石、一九九八）は、女性作家をめぐる言説状況をふまえつつ、テクストの力学を可視化した論考である。俊子にとって、化粧という装置は、女性の心理を表象することを女性作家に要請する、ジェンダー構造を逆利用した方法論にほかならない。内面への誘惑を喚起しながら、素顔＝内面には行き至らない、というテクストの構図は、書くことと見ることを交換可能なものとする描写論を共有していた、男性作家との差異化の試みなのである。だが、俊子の方法は、官能描写というステレオタイプとして体系化され、書き手の意図とは別の読みかえを受け、消費されてしまった。というのも、当時の状況として、〈女らしい〉個性や主体を求めながらも、その作品批評に当たっては〈女だから〉個性や主体はもてないとする、女性の作家を「女流作家」の枠に囲い込む運動があったからである。また、女性作家たちは一葉との比較につねにさらされ、一葉幻想が女性の表現への道を妨げるという皮肉な状況があった。俊子の戦略は、第一に、〈女らしさ〉を装う過剰な演技の方法をとることでジェンダー規範から自由であろうとしたこと、また、欲望する主体としての女性、女性による快楽としての性を志向することによって表現のエネルギーを生み出したということにある。

このように、光石論は、表現手法や方法論と当時のジェンダー構造とを接続させた上で、俊子の可能性と限界とを同時に照らし出そうとした。女らしい演技＋欲望する主体、という〈女作者〉の戦略は、破綻や矛盾を内包しているものの、男性化された論理を突き抜けようとする力学を備えているという光石の考察は、女性作家をめぐる評価軸それ自体を批評の俎上にのせた上で、ステレオタイプとして消費されてしまった描写や細部を拾い上げ、新しい地平へと接続させる試みにほかならない。

5　ジェンダー構造との距離

このように、九〇年代後半からゼロ年代にかけては、同時代のジェンダー化された社会構造とテクストの関係について考察する論考が、複数の著者によって発表されていった時期に当たる。たとえば、古郡明子「〈感触〉の戯れ——田村俊子論」（古郡、二〇〇〇）は、俊子が描出した処女をめぐる感触は、新しい女の思想を制度的限界をも含めて内面化した表現であるとする。非対称なジェンダー構図の外にある感触をも描き出した表現の機能的なレベルに注目するなら、既成の女性のアイデンティティを攪乱し、自身の感触の欲望によって対象が再配置されるありようが見いだされ、そこに近代の認識論の枠組みを乗り越える可能性がある、というわけだ。同じく古郡の「〈感傷〉の暴力——田村俊子『蛇』と永井荷風『蛇つかひ』」（古郡、二〇〇二）では、「蛇」におけるメディアの機能に注目し、主体としての男性が悲惨な境遇にある女性を悲哀の対象として欲望し、消費するというジェンダー化された構図に異議を唱えるテクスト構造は、特権化された感傷の暴力性や差別性を乗り越えようとする力学をもっていると論じる。

浅野正道「やがて終わるべき同性愛と田村俊子——『あきらめ』を中心に」（浅野、二〇〇一）は、「あきらめ」の周辺には、女性の主体に「新しい女」としてのアイデンティティが現前しているかどうかといった検閲のまなざし、女性同性愛を凝視するまなざしとが共存していたと指摘し、「あきらめ」における同性愛表象は、監視のまなざしとともに同時代的な広がりをもっていた点に注意すべきだと述べている。女性同士が同性間の絆を表象する際、若き日の絆は、今となっては失われてしまった非在の「はかない絆」のイメージとして現れるが、「あきらめ」は、同性間の絆をはかないものにしようとする圧力を可視化するとともに、時代が要請する女性のアイデンティティを拒絶している。浅野論は、強制的異性愛の機構において理解可能なセクシュアリティやアイデンティティを裏切るという力学をもったテクストとして「あきらめ」を評価している。瀬崎圭二「田村俊子『彼女の生活』論――〈愛〉の行方」（瀬崎、二〇〇二）は、「彼女の生活」を同時代のコンテクストに照らして検討し、俊子は「愛」をパフォーマティブに身体化することで、妻・母・女のいずれにもアイデンティファイしない戦術をとり、男性権力のシステムを攪乱しようとしているのだと分析する。瀬崎論では、「下女」を差別化するなど、システム内の階級問題を表象しえていないという限界があるものの、テクストは既存のジェンダー規範を再編する可能性をもつという指摘がなされている。

さて、既存のジェンダー構図とテクスト内の論理の間の差異や距離、あるいは相似性、そこにみられるテクストの批評性をめぐる議論と、俊子の生き方にフェミニズム的な意味を見出そうとした作家論的な研究との接点や距離を考えるにあたって、明確な視座を示しているのが、小平麻衣子の諸論考である。『女が女を演じる』（小平、二〇〇八ａ）には、九〇年代後半からゼロ年代にかけて書き継がれた二つの「あきらめ」論が収録されている。まず、「あきらめ」初出を対象とした「女が女を演じる――明治四〇年代の化粧と演劇、女性作家誕生の力学」（小平、二〇〇八ｂ、初出は一九九八）は、作中人物（あるいは作者）とフェミニズム的主体とを一致させる論理を解きほぐそうとした論考で、同時代の広告言説、演劇界における批評言説などを射程に含め、テクストとその文脈の論理について考察している。「あきらめ」の書かれた明治四〇年代には、「自然」を強調する化粧品が開発され、化粧品の言説論理は、演劇界において女優の〈自然さ〉を要求する論理と同じ構造をもっていた。「あきらめ」初出には、化粧品広告との密接な関連があり、作中には商品名がちりばめられ、挿絵は広告に酷似している。こうした文脈を検証しながら小平は、テクスト内での化粧は、女が女を演じるもの、つまり自然ではないものとして描出され、化粧する女性は、素人でありながら、他者の期待する己を演じている、と指摘する。三輪は、ストーリー上〈演じない女優〉として演劇界の期待する理念のありえない具体像と化しているのであり、それはすなわち、現実の女性俳優を板挟みにする論理に等しい。だとすれば、「あきらめ」は、それ自体の素人性を表象するとともに、作者である俊子自身を〈素人性＝女性作家〉という枠に閉じ込められる文脈を作り出してしまっているというわけだ。

次に、「あきらめ」の改稿の意味を精査した「再演される女――田村俊子『あきらめ』のジェンダー・パフォーマンス」（小平、二〇〇八c、初出は二〇〇〇）は、「あきらめ」がその内容と受容のされ方の間にギャップのあったテクストであることを指摘した論考である。広告美人に類縁化され、眺められる三輪は、絵師であるという設定となっている。つまり、ただ眺められるだけではなく、描く女という側面が付加されるのであり、女性が女性に向けるまなざしを女性の生産行為として再文脈化しているのだ。作中のファッションの描写もまた、女性役割を引き受けながら抵抗を示し、再文脈化を志向する。したがって、三輪と富枝は、再演という行為のもつ意味において、女が書く、描く、演じるという共闘を表象する記号存在にほかならない。このように、テクスト自体は、女性の自立を目指したフェミニズム的論理をもつのだが、小平論が強調するのは、それが意図通りに機能しない状況があったという点であり、テクストの目指すものとは異なる視点で俊子は評価されることになったということである。すなわち、同時代には、現実には実現不可能な〈女優〉理念の構造があるが、しかし、その構図を可視化することは禁じられている。そして「あきらめ」に描かれたジェンダーをめぐるパフォーマンスや、セクシュアリティの表象をたどると、テクストは、演じられた女を「自然」＝本質とみてしまおうとする誤認を共有してしまっており、結果、ジェンダー構造を「自然」とみなして存続させる構造に取り込まれているといわざるをえない。

小平論が示しているのは、テクストを複数のレベルから分析したときに生じる、両義的作用である。俊子のテクストは、一方では、ジェンダーの力学から生まれた抑圧的な論理に亀裂を走らせる突破口をもちながら、他方では、既存のジェンダー構造に共鳴してしまう論理を描いている。こうした問題系について、批評的な図式にあてはめテクストを理解するのではなく、ジャンルを横断する複眼的な視座から明らかにしたのだ。

同じく小平の「田村俊子『暗い空』――〈女性〉の承認と〈作家〉という職業」（小平、二〇〇四）は、「暗い空」（一九一四）をとりあげ、「あきらめ」との類縁性をもちながら、俊子の作者イメージの変化が影響したテクストであると指摘する。テクストには、文化的に承認された、女性の代表としての俊子と、背景にある承認されない女性たちの間の分裂や対立が読み込まれうる。そのようなテクストからは、女性間の分裂としてしか現れない、女性という階層の問題が立ち現れるというのだ。同時代の文脈としては、文学を享受できる女性の階級性が、後続世代の女性たちからの批判を受けるという構造があったが、テクスト内では、主人公の栄と妹の咲子の関係がそれに相似している。とりわけ、男性ジェンダー規範から脱落した父との関係においてその対立が露わとなるのだが、テクストは文化的な承認と経済的な再配分の接点を探ろうとしながらも、現実的な解決は不可能であることを同時に表象せずにはおかない。

小平論の示した文化におけるコード、女性間の階級といった問題系や、浅野論の主張する権力機構とテクストとの関連は、カルチュラル・スタディーズを理論的背景とした厚みを備え、理解不能であることと、解決不可能な場をどのような批評性へと結実させてゆくのか、現代の読者を巻き込んだ議論を提案しているといえるだろう。

6 社会的差別への批評性

最近では、カルチュラル・スタディーズやポストコロニアル批評の問題構成を受け、カナダ帰国後以降の作品に焦点をあてた研究も隆盛である。

すでに九〇年代に、鈴木正和は「佐藤俊子『侮蔑』を読む――異文化から見た日本への視座」(鈴木、一九九四b)において、「侮蔑」を始めとする異文化の視点を導入した諸作品は、人種問題を含んだかたちで女性の問題を提示したものであり、作家の異文化体験が日本という国家の内実を問い、その封建制を解体しようとしていると指摘しているが、人種や民族といった問題系については、歴史的な文脈を可視化するかたちで、現在様々に議論されつつある。

呉佩珍「ナショナル・アイデンティティとジェンダーの揺らぎ――佐藤俊子の日系二世を描く小説

群にみる二重差別構造」(呉、二〇〇三)は、「小さき歩み」三部作、「カリホルニア物語」を取り上げ、これらのテクストに現れる人種差別、性差別、アイデンティティなどの問題群が、当時の国策としての移民を批判したものであり、日本社会内部の差別構造を暴き出したと評価している。同時代のメディア言説を比較参照し、アメリカの劇作家、ユージン・オニールやカナダ女性詩人のポーリン・ジョンソンの俊子による翻訳作業にも言及した上で、テクスト内に編まれた差別構造の重層性が分析されている。さらに、「北米時代と田村俊子」(呉、二〇〇五)では、日系二世を描いた物語群を考察している。呉は、日系社会内部にある排外性とヒエラルキーに気づいた俊子は、内部における人種、ジェンダー、アイデンティティの問題を発見してそれを批判的に作品化したと述べ、内部の論理を批判するために、解決策として社会主義を志向した俊子のありようが、一九一〇年代から二〇年代のコスモポリタニズム言説に通じるなど、同時代的文脈を共有していると論じている。

また、アン・ソコルスキー『新しい女』とその後——田村(佐藤)俊子一九一〇年代作品と一九三〇年代作品におけるジェンダーと人種」(ソコルスキー、二〇〇三)は、カナダ時代以降の俊子が、ジェンダーの問題だけではなく、人種やナショナリティの問題にも目覚めた「新しい女」として展開しているという観点から、再評価を企てる。「カリホルニア物語」では、視点人物の日系二世アメリカ人女性・ルイは、アメリカ社会のオリエンタリズムとジェンダーの二重差別のなかで評価される限りにおいて自由にはなりえず、また、日本社会においてルイを二級視する価値観にも拘束されてしまう。俊子のテクストは、こうした構造を描き抜いているのだ、という評価である。

カナダから帰国後、社会主義思想を創作の中に生かすことに失敗した理由を考察した小林裕子「寄港後の居場所」（小林、二〇〇五）は、労働運動への関わりが、俊子本来の人間的欲求とややずれており、知識や理想のレベルに留まり、内面化されてはいなかった、すなわち俊子は、「遅れてきたプロレタリア作家」なのだと論じている。だが、小林論は、俊子の評論における理論的緻密さ、視野の広さに言及し、社会主義的な視点とフェミニズムとが融合した論理をもちえたと指摘する。

鈴木正和「『カリホルニア物語』『侮蔑』論――カナダ体験後の俊子作品にみる人権思想」（鈴木、二〇〇五）は、二つの作品には、国家の閉鎖的思想を克服しなければ人間の真の幸福は得られない、といった人権思想があると論じる。「カリホルニア物語」では、日本人であることとアメリカで育ったことで肉体と精神が引き裂かれたナナの苦悩と死、それを内面化する親友ルイの、日本社会の閉鎖性や矛盾への疑問、さらには国家の枠を越えた未来への力強い眼差しが描かれてゆく。「侮蔑」では、移民が国家の枠組みから逸脱してしまった存在であることを明らかにし、いずれの作品も、二世の視座から、閉鎖的日本社会の矛盾を可視化するとともに批判する力を帯びたものとして読解されてゆく。

羽矢みずき「『残されたるもの』にみる少年たちの闘争」（羽矢、二〇〇五）は、「残されたるもの」を、カナダ時代に体験した労働運動や階級差別に対する知識が結実した作品として評価し、子どもたちの世界が、大人の論理によって残酷に変質される不条理を描いたと読む。近代化からとりこぼされた「子供たちの近代」は、抑圧され、搾取される子どもたちの姿によって読み手に迫る。テクストには、資本主義経済の非人間性への、俊子の抵抗が現れているのだ、と羽矢は論じている。

帝国主義や植民地主義とテクストを関わらせた視座を示すのは、金玟妵「『女らしさ』の表現と帝国主義――田村俊子と金明淳の作品の比較を通して」（金、二〇〇六）である。この論文は、一九一〇年代の俊子作品と一九二〇年代の朝鮮の女性作家・金明淳の作品とを比較することを通して、帝国の女性と植民地支配下の女性が置かれた文脈を析出したもので、金明淳が帝国主義の論理と民族主義言説とのなかで他者化の暴力にさらされ、「女らしさ」の枠組みのなかに封じ込められるような評価がなされたことに比較すると、女性性のなかに自己表現の方法を模索した俊子のありようは、制度からの逸脱を志向しながらも、既存の構造を強化する危険性をもったものとして浮上すると指摘している。帝国主義とジェンダーという主題は、今後の俊子研究においても必須の問題系となるであろう。

その他、バンクーバー時代の足跡をたどった狩野啓子「移民労働者の中へ（佐藤俊子・鳥の子）」（狩野、二〇〇五）、工藤美代子の解釈を批判しながらバンクーバー時代の俊子の文章を再検討し、日系、移民、女性という「同胞」への意識や現実的な働きかけや鈴木悦との関係性が俊子の新しいステージを開いたと説く、岩見照代「〈鳥の子〉の飛翔――『大陸日報』を中心に」（岩見、二〇〇五）、長谷川時雨宛の書簡を検討し、雑誌『輝ク』との交流から、カナダでの実践運動を通して変貌し、冷静に日本を批判する観点をもちえた俊子像を抽出した尾形明子「田村俊子と『輝ク』」（尾形、二〇〇五）なども、ジェンダーの構造に階級や人種・民族の問題を接続させて俊子作品を読解する上で、重要な示唆を与えてくれるだろう。

（内藤）

田村俊子

2

第二部　テクストを読む

第二部　はじめに

第二部では、五つの論を示し、俊子の作品世界を研究するための具体的な視座を提供したい。

まず、「5　初出『あきらめ』と化粧品広告——女性作家をブレイクさせるジェンダー力学」（小平）では、単行本版の内容と、初出の『大阪朝日新聞』に掲載されたバージョンとの本文の差異を検証するという切り口から、どのような考察の可能性が生まれるのかを実践していく。初出の本文を、新聞というメディアの現場性に置いて分析することによって、新聞記事や広告などが構成していた当時のものの考え方と、俊子の小説との相関関係が明らかになり、俊子の小説テクストがもつ批評的な意義、あるいは抑圧の構図などを考察することができる。同時代性を考察するために必要なアプローチ法について、参考にしていただきたい。

「6　境界を歩くように——小説世界にみられる表象のコード」（内藤）では、「境界」という具体的なテーマを設け、小説テクストを表象分析する際に必要となる基本的な作業の骨格を示した。小説のなかにある、物語、ストーリー、あらすじのレベルとは異なる次元に生じる意味の束を読み取るための視点の取り方について、導入的な解説を行っている。

「7『女作者』論――テクストに融解する恋する身体」（小平）は、俊子の代表作の一つである「女作者」をめぐる作品論的な論文である。一個の小説テクストを緻密に精読し、新たな読解の地平を開いていくために、どのようなテーマ設定や補助線を導入していくのが有効なのかが示されている。二章で示した境界の表象という観点を、身体や化粧というファクターを通じて応用的に展開した論である。

続く「8 俊子と悦・愛の書簡とその陥穽」（小平）は、俊子と鈴木悦の間に交わされた手紙を手がかりに、恋愛や愛、教養といった、一見したところ心地よく、うつくしくみえるイメージが、何を隠蔽し、認識を拘束するのかを論じている。俊子の書く行為、生きる姿勢の背後にある人間関係を書簡から考察することは、作品世界の外部に織りなされた力関係をとらえるための、知的想像力を手に入れることにつながっていく。

「9 双子型ストーリーの謎をひらく――『カリホルニア物語』を中心に」（内藤）では、カナダから帰国したのちの、一九三〇年代後半の俊子テクストを対象として、当時のナショナリズムやマルクス主義と小説との接点や距離を検証するとともに、俊子の小説が物語の定型をどのように批評しているのかを明らかにする。小説がステレオタイプを食い破ろうとする一瞬を、ジェンダーと移動の物語という観点から可視化している。

いずれの論も、新たに研究をめざそうとする読者にとって、テーマや方法論を設ける際の具体的指標や契機となることを想定して書かれたものである。できるだけバリエーションをもたせてテーマを設定したので、自身の興味や方向性と関わらせ、それぞれの方法意識を広げてもらいたい。

（内藤）

5　初出「あきらめ」と化粧品広告

――女性作家をブレイクさせるジェンダー力学

1　初出と単行本

「あきらめ」は、一九一一（明治四四）年一月一日から三月二一日、『大阪朝日新聞』に連載された。俊子の出世作とみなされている。

荻生野富枝は、東京で脚本家を志しているが、在籍している女子大学で、学風に合わないと注意を受けたため、退学して文学に専念するかどうか、逡巡している。富枝は三人姉妹で、実の父母は早くに亡くしている。姉の都満子《つまこ》はすでに嫁いで幼い子もあり、妹の貴枝は、芸妓になるため、他家の養女となっている。岐阜の実家には、年老いた祖母と、その面倒をみてくれている父の後妻がいるだけであり、富枝には、東京で自分の道を切り開くか、家のために岐阜に戻るかの選択が、重くのしかかる。この悩みをどう解決するかというメインプロットに、さまざまな人物がかかわって長編が構成されている。

とりわけ、富枝を「お姉さま」と呼んで強い熱情を捧げる下級生の染子や、かつての同窓生で女優を志して退学した三輪は、強く意識し合う関係である。郷里の生活を軽視する富枝ではないが、姉の都満子が、常に夫の女性関係を疑い、実の妹にまで嫉妬の眼を向けるのを目の当たりにすると、男性の介入によって、女性同士の関係が悪意と猜疑のそれに変質してしまうことを知り、恋愛や結婚という選択肢への不満を抱え込む。

専業主婦と働く女性、それも、女性性を武器として経済的自立をはかる芸者、性別にとらわれない自己表現を志す脚本家、場合によってどちらにもなれる女優、と女性の生き方が並列されて検討が試みられており、現在読んでも新鮮である。

新聞に連載されたのは、幸田露伴、夏目漱石、島村抱月を審査員とした大阪朝日新聞の懸賞小説に俊子が応募し、一等該当作なしの二等となったからである（漱石は病気のため、実際には森田草平が審査にあたった）。ただし、われわれが全集や文庫本などで多く目にするのは、一九一一（明治四四）年に金尾文淵堂から発行された単行本『あきらめ』のバージョンで、単行本化の際には、大きな改稿がなされている。作品は、作者自身によって書きかえられた場合、より進化し、完成されるとみるのが一般的である。だが、この章では、初出の本文を取り上げ、同時代状況とのかかわりを考えてみたい。

第一に、東京で富枝が築いた人間関係、とりわけ多くの女性の友人たちとの関係が、初出と単行本では大幅に変わっている。特に大きな点は三輪の造型である。初出では、三輪と富枝は、いずれも、男性で占められた演劇界に女性として初めて足を踏み入れる自負を持ち、ともに抱負を語り、男性への辛辣な批判を行い、三輪は富枝の自立を経済的に援助しようとまでする。

三輪の発言を挙げれば、男性に物を買ってもらう女性を見た際には、「人の恩で飾るよりは、自分に力が無ければ裸体でゐる」と述べ（三五回）、演劇関係の男性に対しては、「男に超然主義を取つても、一向利目はなささうね。矢つ張り女よりは偉いつもりでゐるからなんでせう。（中略）男には正面を切つて馬鹿にしてやるのが一番感じが早い」（三六回）と述べるなど、男性の神経を逆なでするものである。だが富枝の姉妹間の嫉妬という悶着については、「唯嫌悪ばかりで其の眼を瞑《つぶ》つて了《しま》はずに、飽くまで其の避けたい眼を見開いて、疎ましい状態を熟々《つくぐ》と見る様になさい」（四〇回）と、同じく表現を志すものとして、厳しくはあるが暖かいアドバイスをしている。

単行本では、その多くが削除され、三輪は俳優としての技量を磨くというよりは、人々が女優に寄せる性的なまなざしを利用して世間を渡り、富枝は彼女と女子大学で同窓だったころの心の通い合いを回復できないまま別れる。

また初出では三輪について「恋人を思ふが如くに富枝は友の三輪に憧憬《あこが》れ切つてゐる」（一八回）と恋愛感情が書き込まれ、三輪宅で共に入浴した際には「出やうとした三輪と、入浴《はい》らうとした富枝と、熱した肌と冷えた肌とが、腕のところで僅触れる。富枝は異様に恥かしさを感じた」（三八回）などとあり、三輪の削除は、同性愛が染子に一元化されることを意味している。

この点についてはあとでふれることとするが、まず考察したいのは、このような刺激的な内容を持つ初出「あきらめ」が、なぜ人々に受け入れられたのかという点である。当時、〈生意気〉な女性に対する風当たりは、現在想像する以上に強かったはずである。にもかかわらず、懸賞に入選し、新聞の第一面に載るのは快挙である。仮に、審査員たちの文化的程度が高く、女性に対する理解があったのだとしても、その後の一般的な評価までは説明しきれない。ここでは、少し廻り道をして、当時の広告事情を探ることにより、初出「あきらめ」の新聞紙面上での位置を再検討してみたい。

「あきらめ」では、富枝と友人たちの生活が、華麗な装いやセンスの良い小物、都市の情報といったディテールで描かれ、当時は限られた女性しか行けなかった女子大のライフスタイルに対する読者の興味をそそっている。なかでも、キンツル香水、ミソノ香水、ホルマリン石鹸など、多く登場するのは化粧品であるが、当時の化粧品の広告を見ると、富枝と三輪が演劇界において自立を模索するという作品の内容と、化粧に、強い関連があることがわかる。なぜなら、当時の化粧品広告には、大量の俳優が起用され、しかも、加熱する化粧品の広告合戦の中で、俳優の性をめぐる問題が浮上してくるからである。

2　化粧品広告と演劇

この化粧品広告合戦の主役は、御園《みその》白粉とクラブ白粉である。一九〇七（明治四〇）年から、御園白粉というブランドが、俳優自身の談話と素顔写真を共に広告に載せ始める。たとえば、「俳優化粧談」（『東京朝日新聞』一九〇八・七・一九〜九・三〇、ほか）として各新聞に掲載された広告シリーズは、小説や劇界事情と同じ紙面に載り、劇評などで著名な川尻清潭《せいたん》の署名を冠して、あたかも記事と見まがうような体裁をとっていた。俳優が、出演している芝居の役作りや化粧法などを語り、その試行錯誤の中で辿り着いた御園製品を推奨し、日常の場面や肌質に合った製品の選び方や使い方などを具体的に紹介するものである。起用された俳優は、中村芝翫《しかん》、河合武雄、尾上梅幸など、当時活躍していた歌舞伎と新派の女形である。この狙いは、俳優の人気と商品の人気を直結させることもさることながら、写真・印刷技術の進歩を背景に、素顔写真で舞台姿との差を喚起することで、俳優の化粧技術の高さをアピールし、それを支える化粧品の優秀性を一般女性に植えつけるところにあった。

こうした御園の独走態勢だった白粉広告に参入したのが、中山太陽堂のクラブ白粉(以下クラブ)である。このときクラブがとった戦略は、「俳優の化粧と素人の化粧に就て」という題で懸賞文を募集し、当選作を各新聞、雑誌に掲載、さらにそれに対する三行批評文を募集、その当選作も掲載する、というものであった(『東京朝日新聞』一九一〇・一二・八、一九一一・四・七、同年六・二一広告による)。これによって、クラブは御園に差をつけることになった。

そもそも、なぜ懸賞という形式がリードに結びつくのか。懸賞の大きな効果の一つには賞金、賞品の人目を引く効果がある。しかし、それ以上に大きいのは、懸賞に応募するためには、応募者が商品名とコンセプトを理解しなくてはならないことであろう。現在のわれわれは、当然過ぎてその効果を忘れているが、応募者が自ら書くことで、商品名は身体化され、記憶されるのである。また当選作発表において、広告の内容だけでなく、自分と同じ読者からの発信であることによって、読者の欲望は高められる。

読者を消費者に変えなければ商品は売れない。製品の近代的な生産技術も高まり、資本主義化する中では、少数の業界人ではなく、多数の一般人に売ることが求められる。人々は、メーカーに何を言われても、売ろうとする宣伝だとして聞き流すことはできるが、自分の隣の人が商品を知っており、もしかするとそのために綺麗になっている、という事実は、競争心をあおりたてる。現代の読者モデルの隆盛と、感覚的には同じである。このターゲットと、クラブの懸賞文のテーマが「素人の化粧」であることは、別のことではない。

クラブの懸賞入選作、すなわちクラブ側が意図した内容の多くは、俳優の化粧を真似するべきではない、というもので、これらが、御園の広告イメージを逆用し、攻撃したものであることは明らかである。同時に、俳優への攻撃は、素顔写真と舞台姿の落差を象徴する俳優の性に集中している。たとえば懸賞の二等当選者は、女形が「手も足も、鉛分の多いだけ附着のよい固煉白粉で塗り立て、真白である、無論これを持続せしむる時間とても長くて一時間以内」と、俳優の白粉の有害さと舞台の特殊性を挙げ、「素人」が日常的にこれを真似ても、異常なだけだと指摘している(懸賞文「俳優の化粧と素人の化粧に就て」二等当選者　大阪府堺市新在家東三丁五　石川天風『東京朝日新聞』一九一一・四・一〇)。

その方針通り、クラブがタイアップしたのは、男優ではなく、新進の女優であった。いうまでもなく、江戸期は男女が一緒に舞台に上がることは禁じられており、歌舞伎のような劇が発展したのだが、明治四〇年代は、ちょうど女優というものの導入が本格的に議論されていたのである。クラブは、商品に観劇券をつける「クラブデー」という企画を行っているが、その内の何回かは坪内逍遙の文芸協会と結んでおり、特に、一九一一(明治四四)年一一月三一日のクラブデーには、同年一二月二日の帝国劇場でのイプセン劇の入場券が用意された(『東京朝日新聞』一九一一・一一・三〇)。これは、女優・松井須磨子が主役を演じて文学史上に特筆される「人形の家」のことである。クラブが文芸協会と結んだのは、歌舞伎から新派まで演劇界の著名な俳優を御園に押さえられているゆえの苦肉の策に過ぎないであろうが、偶然であれ何であれ、御園とクラブは、俳優たちの中に、ある分割線を引いており、それはクラブに有利に働くものであったといえる。

当時、西洋的近代演劇を日本に移そうとする新劇の急先鋒は、坪内逍遙と島村抱月の文芸協会と、小山内薫を中心とする自由劇場であり、そのうち特に、文芸協会は、俳優を一から養成し、女優も新規に使ってみる方針であった（小山内薫は、女優の未熟を理由に、女形を使っていた）。この状況は、「あきらめ」の物語世界にも忠実に取り入れられている。坪内は、「将来の日本の劇は、純然たる素人、而《しか》も高等教育を受けたる男女の間から起らねばなるまいと思ふ」（坪内雄蔵（逍遙）「女優問題に就て」『婦女新聞』一九一〇・八・一九）、「生中《なまなか》前代の修養に富んでゐる者には過去の幽霊《ゴースト》が附纏つてゐてどうもならぬ。昔の修養を忘却《イグノーア》してかゝらねばならぬがそれが出来ぬ」から、「その俳優は必ずや純素人中から求めねばなるまい」（坪内逍遙「将来の俳優教育　殊に女優に就て」『太陽』一九一〇・九・一）と主張していた。

女優そのものが、それまでの演劇界に存在しなかったという意味で、〈素人〉をもっともよく表す象徴であり、坪内たちにとって〈素人〉であることは、謙遜ではなく、全く新しい、ということを示す旗印であった。断っておくが、当時の歌舞伎は、近代的な歌舞伎を目指していたし、小山内薫の自由劇場なら、なおさら新しい演劇を目指していた。しかし、これらが並べられた時、どれが一番説得力を持てたかと言えば、女性を起用し、新しいというイメージをアピールできた文芸協会である。

男性の素顔との落差で技術力の高さをアピールしているはずの女形の化粧は、御園を媒介として女優の側からみれば、不自然な厚塗りというネガティブなイメージに裏返る。当時ナチュラルな化粧法が流行っていたのと合致するのもクラブの方である。御園白粉も、厚塗りの化粧を奨励したわけでは決してないが、〈素人〉の〈女性〉に売らなくてはならない化粧広告としては、クラブの方が秀逸だったのである。

３　〈素人性〉の功罪

さて、以上の様な懸賞の流行において、募集される内容も、脚本、小説と、徐々に文学に近づいてくる。たとえば、御園は商品の名前か効能を読み込むこと、との条件で狂句・狂歌・都々一を募集、総額七百円とうたわれる賞金・御園製品や小説の賞品を用意し、当選作を掲載した(『東京朝日新聞』一九〇八・五・二九、同年一〇・一〇)。また美顔水で有名な桃谷順天館は、美顔水の効き目や用途を組み込むこと、との条件で小説を募集し、審査発表、第一等作品を掲載している(『東京朝日新聞』一九一〇・七・二九、同年七・二九、同年八・二二)。これらは小説という形式面だけでなく、新聞の文化面に載るという視覚面でも、広告を意図しない文学に近づいているといえる。また、それらを模した小説風広告もある(図1)。

そして、「あきらめ」を、こうした広告が踊る紙面の中で見てみると、興味深いことがわかる。初出は、毎日大きな挿絵がついた形で読者に享受されている。もちろん「あきらめ」は、全く広告的意

◎喜劇 新年の粧
序幕 銀行頭取福内幸造門口の場
登場人名
主人福内幸造　車夫熊吉
令嬢同花子　下女政
藝者飯人

図１　『東京朝日新聞』1910 年 1 月 27 日

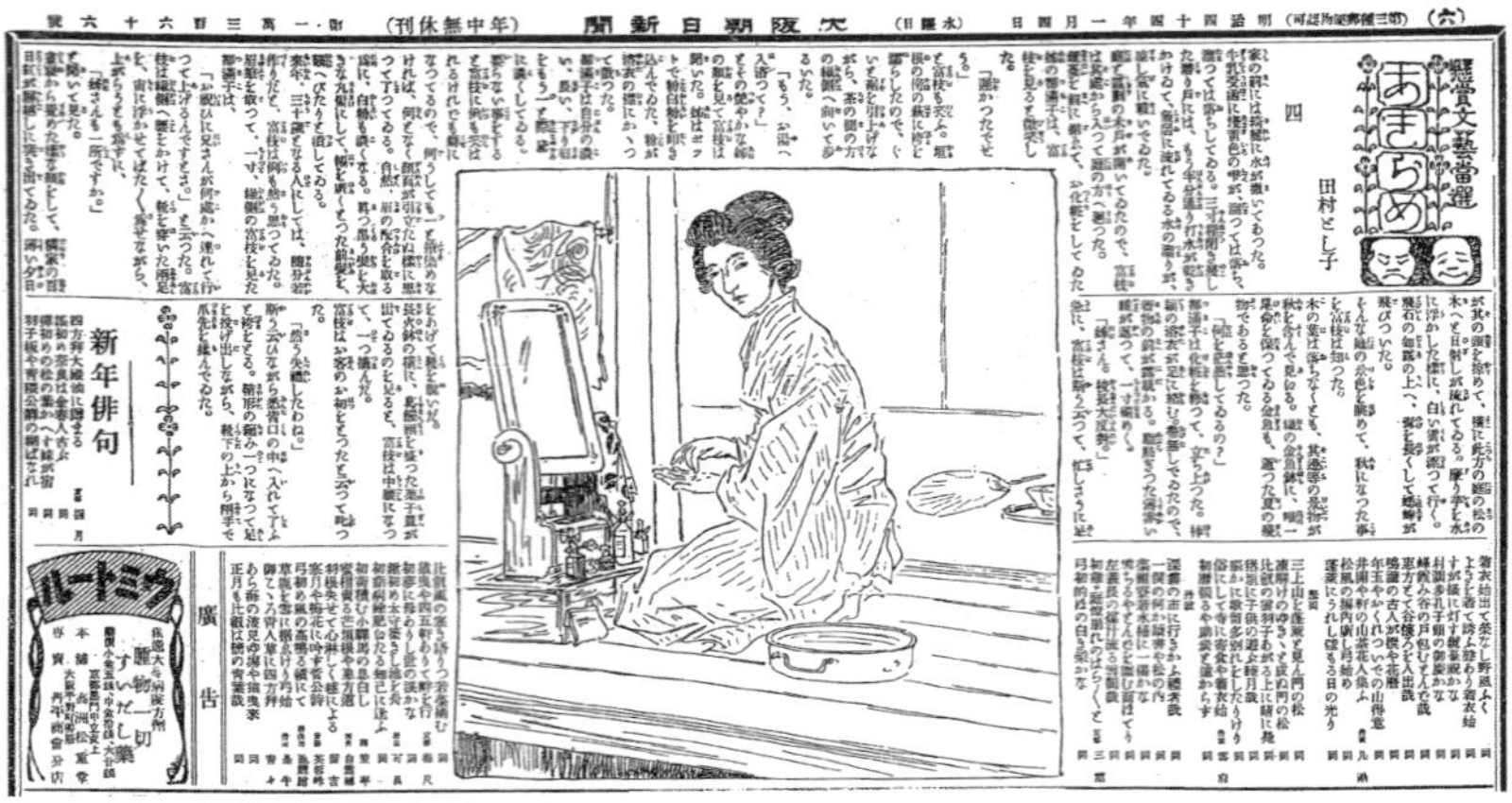

図2　『大阪朝日新聞』1911年1月4日

図など持ち合わせない文学的企画であったにもかかわらず、その一部を見ると、図2、3は、それぞれ図4、5のような化粧品広告に酷似しているのである。図4、5は、化粧品広告における懸賞文募集の流行に乗りつつ、広告と気づかれずに読ませるために、ことさらに新聞小説に似せたと思われる大学白粉の広告である。

挿絵は、たとえば小説家である尾崎紅葉が、自分で下絵を書いて画家に指示していたかつてならいざ知らず、この時期には、作者である俊子の意図とは言い難い。その挿絵とともに享受されることで、どんな印象の変化が起こるであろうか。

さきほど、広告が懸賞、あるいは懸賞を装った脚本や小説の体裁をとることの意味を確認しておいた。そこでは、〈素人性〉が重視されていた。翻って、「あきらめ」の内容は、富枝と三輪が、演劇界のプロを目指す物語であった。それまで演劇界は、作者はもちろん、女性の役を演じる役者も、男性に

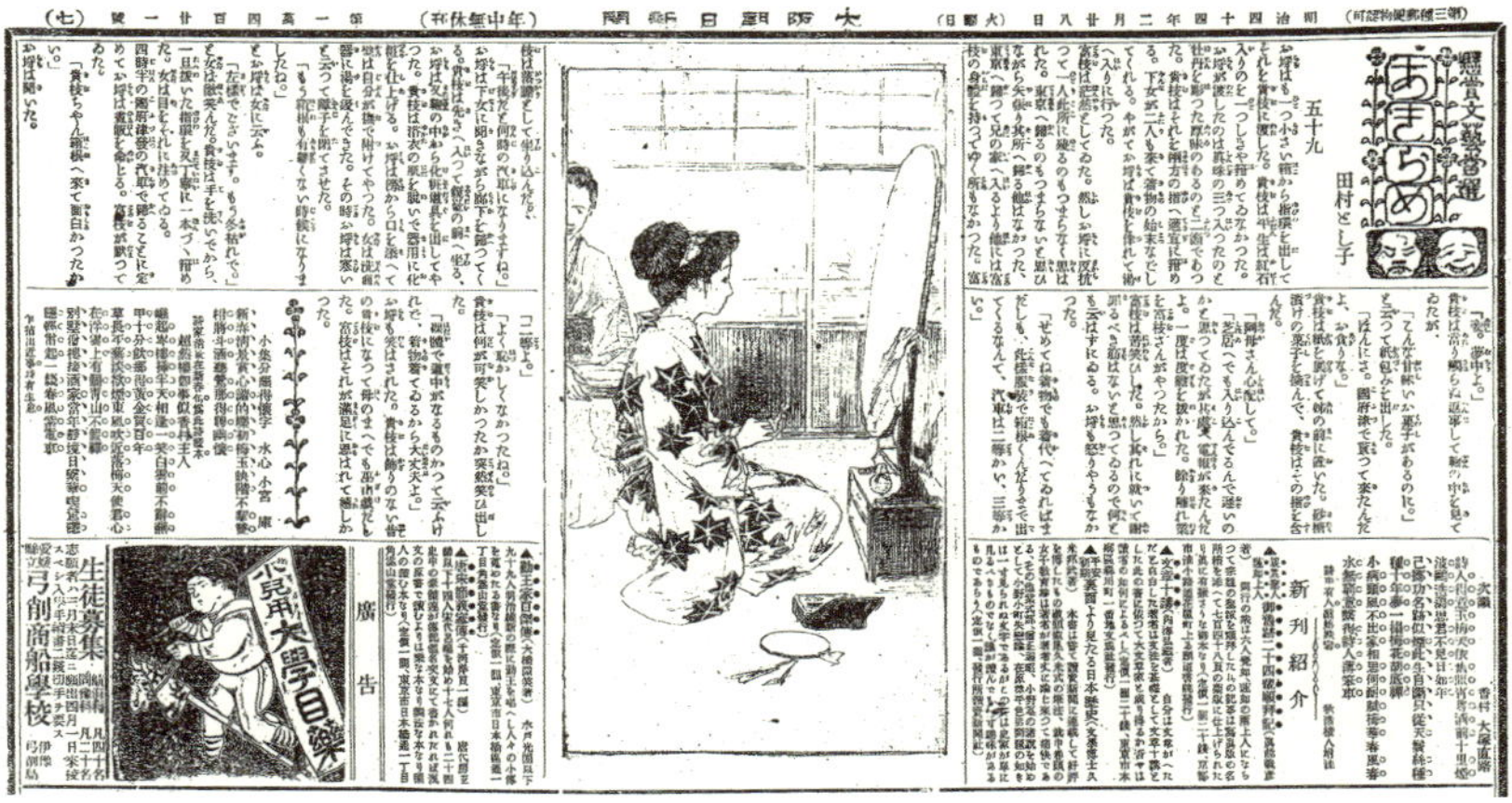

懸賞文藝當選
あきらめ
田村とし子
五十九

図 3 『大阪朝日新聞』1911 年 2 月 28 日

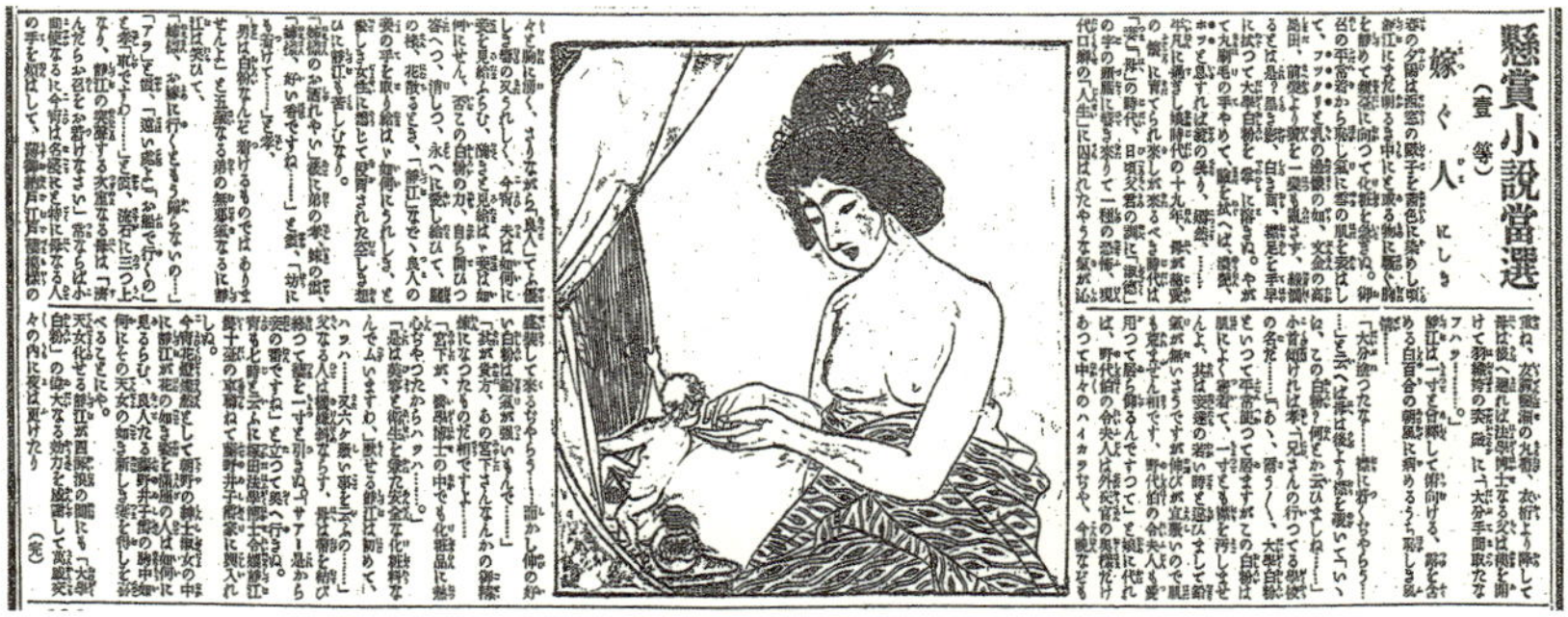

懸賞小説當選
（壹等）
嫁ぐ人

図 4 『東京朝日新聞』1910 年 4 月 16 日

懸賞小説當選
（三等）
其の夜

図 5 『東京朝日新聞』1911 年 2 月 28 日

よって占められており、そこに女性が参入しようとしたところに、バッシングも起こっていた。しかし、結論から言えば、〈素人性〉を強調する挿絵は、内容の刺戟を緩和する方向に働いたのではないか。

内容において、富枝の書いた脚本は、大きな劇場でプロの役者によって演じられ、「お金を取る」ものである。俊子の「あきらめ」が新聞の第一面に載ることも、明らかに選ばれた特権的なものである。富枝が結末で郷里に帰ったとしても、それは祖母の面倒をみるための一時的なもので、未来の夢が完全にあきらめられたわけではない。しかしながら、化粧品広告に酷似した挿絵のイメージは、懸賞がプロへの登竜門であるという側面よりも、誰でも応募できる〈素人〉のためのものである方を強調してしまう。もちろん、外枠における、俊子という女性の〈素人性〉をも保証しているといえる。これは、〈生意気〉な女性に厳しい読者に対し、作品と作者の口当たりを良くするであろう。仮に女性が脚本を書いたり、舞台に立ったりしても、それが〈素人〉のお稽古にとどまっているならば、あるいは、たった一回きりのまぐれ当たりならば、誰も文句を言わないからである。

こうした事態に対しては、評価の別れるところであろう。男性に占有された世界に、新参者の女性が参入する際、女性が男性と同等であることを認めさせようとすれば強い反発を招くが、自分が〈素人〉で男性の敵ではないと示すそぶりによって、その矛先をかわすことができるかもしれない。すると、この程度の戦略は必要だということになろう。しかし、それが演技であっても、一度〈素人〉を標榜してしまえば、ずっと女性の別席が用意されてしまう。〈素人〉とは、女性にそうであってほしいと望む男性たちの期待の中だけにある観念に過ぎない。にもかかわらず、女性の技術力の成長は、〈本来の〉清新さの喪失ととらえられて、より〈素人らしい〉新人に席を譲らされるだけである。実際、当初はその清新な演技が注目されていた松井須磨子は、すぐに堕落したという評判を立てられることになる。

作中の三輪についても、富枝と同志として描かれる初出では、富枝が〈素人化〉を被ったのと同様の強力な抑制を見いだせる。三輪は、先ほど述べたとおり、初出では、実に辛辣な男性批判を口にし、プロになろうとする決意も大変強い。ところが、挿絵の効果を経て、物語の外の状況とあわせて読んだ時、三輪のプロ意識とは別の側面が浮上する。物語内では、三輪のデビューに革新座の期待がかかっているが、実は、三輪はデビューを果たし得ない。革新座のブレーンである千早梓の父で、実業家の千早阿一郎とのスキャンダル報道をきっかけに、関係自体の当否は明らかにされないものの、彼に金銭的援助を受けて米国への留学を決定してしまうのである(四七回)。これは、内容だけ見れば、留学による将来へのステップアップを見据えた終わり方であろう。しかしながら、これも先ほどの富枝の帰郷の場合と同様に、三輪が〈素人〉にとどまるという読み解きも可能なのである。

そしてこれが価値を持つのは、「あきらめ」の世界の中ではなく、外部の演劇をめぐる言説の中であろう。演技にかかわりながらも、いつまでも、〈清新な〉〈素人〉にとどまるということは、それがイメージである以上、生身の女優には不可能だが、小説中の三輪なら、それを具現化し、新劇の理想を表せるからである。これなら、新劇の誕生に期待をかける男性文化人には、受け入れられるであろう。俊子が、こうした方向性にあわせて〈生意気さ〉を軽減しようとしたのかはわからないが、単行本では、三輪の部分が削除された。そしてそれはまた、別の問題も引き寄せるものであった。

4　書き変えられる同性愛

さらに、「あきらめ」の初出についてもう一点確認しておきたいのは、ジェンダーとセクシュアリティとの関係である。ここで論じるのは、いわゆる同性愛についてである。

先行研究は、「あきらめ」が同性愛を描いたことを評価してきた。レズビアンは、特に一九七〇年代以降、フェミニズムにおいても重要な問題を提起してきた。「3　研究のキーワード」「女性同士の関係」の項を参照していただきたいが、女性同士の性的関係としてのレズビアンにとどまらず、女性同士の多様な関係性を含意する場合もあり、レズビアンの可視化とともに、男性の支配によって分断されてきた女性同士の体験のすりあわせの旗印となった。田村俊子などのレズビアニズムが注目されたのも、この文脈による。

単行本は一見、「かうして富枝の傍にゐるとき、染子は自分の身体中の血を富枝の口にくゝんで温められるほどなつかしかつた。そうして取られた手をいつまでも放すのがいやだつた」(八章)、「富枝はいきなり染子の手を取つて其の甲に接吻《きつす》した。染子は赤い顔をして富枝の袖の内に顔を埋めながら、「沢山して頂戴。」と云つた」(一四章)など、染子の富枝への、より積極的な感情も書き加えられているようにみえる。しかし、問題は、女性同士の関係が描かれているということではなく、どのように描かれているのか、である。

初出においては、三輪と富枝の方にも、同性愛ともいえる交情が書きこまれていたことは、冒頭で述べたとおりである。だが、性的な感情が書き込まれるのは富枝についてであり、三輪から富枝に対するものはなかった。これは富枝が視点人物であるからというわけではない。「富枝の濃い男性的な眉毛と、三輪の淡く長い下り尻の眉毛とが、相対して互の性格を語つてゐる様だ」(三二回)と両者の対照的な性イメージがあるからである。

ここに明らかなのは、同じ女性の中でも、性的な欲望を持つ〈男性的〉な女性と、受身である〈女性的〉な女性が描き分けられていることである。ということは、性的な欲望に関して〈男性〉らしく、あるいは〈女性〉らしくあることは、生物学的性(セックス)とは関係ない、ある種の特徴を表す記号であるということである。確かに、積極性や消極性を、〈男性的〉〈女性的〉というステレオタイプで呼ぶことには問題があるだろうし、また、富枝を恋しがる染子について、「脳神経衰弱」、「妄想狂」と書きこまれ、明らかに〈狂〉の意味づけがなされているので(四三回)、女性の愛情の全てを許容しているわけではなく、ある傾向を排除しようとしてもいる。だが、この富枝の男性らしさと三輪の女性らしさを示した部分が、単行本では削除されているのを見るとき、これらが、ともかく書かれていたことの重要性は再認識されるはずである。

なぜなら、富枝の〈男性的〉な特徴と、三輪の〈女性的〉な特徴を削除することは、二人の同性の差異が消去され、同性どうしの性関係からバリエーションが消し去られることだからである。そしてそれによって、セクシュアリティは、単純に二つのセックス(生物学的性差)に基づく対象選択の問題——性行為の対象を、自分の生物学的性と同じものとするか違うものとするか——として語られてしまうからである。

富枝と三輪の関係削除後の単行本において、女性同士の関係は、確かにむしろすっきり整理できる。都満子と貴枝という血の繋がった姉妹と、富枝と彼女を「お姉様」と呼ぶ染子の疑似姉妹、いずれも姉妹と呼ばれる関係の、緑紫という男性の媒介を必要とする前者と、媒介を必要としない後者という完璧な対照性としてである。言い換えれば、姉妹という同一の条件を備えた二組が、性の対象選択に関して、異なった性を選ぶのか、同じ性を択ぶのか、という二者択一である。ここでの問題は、別の女性に対する愛であるにもかかわらず、同じという比喩（＝同性）で語られるようになったことである。

古川誠（一九九五）は、森鷗外の「青年」や、雑誌『新公論』の性欲特集号を挙げながら、一九一一（明治四四）年を、「同性の愛」という表現の成立と抑圧のターニング・ポイントだと指摘した。「同性愛」が指すものが、男色から女性同士の恋愛にシフトしたというのだ。「女性同士の連帯」にも書いたが、この意味は、女性のホモセクシュアルが認められたということではない。西洋的異性愛中心主義や、心理学の輸入によって、同性間で肉体関係まで含めた愛情を持つことは〈変態〉扱いされ、抑圧されるようになった。だが、そうした性欲は男性にしかないと考えられていたため、女性同士には精神側に傾いた同性〈愛〉しかないとして、許容されていたということである。

当時の言説では、女性同士の関係を二つに分け、一つは、女性らしく何もかも一緒にしたいという、友情の少し強すぎるもの、もう一つは、片方が先天的に男のような性質で、肉体的な接触も伴って夫婦のような生活を欲するものとしていた。もちろん、後者は〈変態〉で攻撃の対象だが、前者は、女学生時代などに、女性に一時期見られる現象だからさほど問題にする必要はないとする。これなら、何もかもお揃いにしたりする罪のない言動で、女性らしさが増殖するだけであり、しかも、肉体的な貞操は守られ、いずれ男性に愛されれば、〈本当の〉恋愛に目覚めることができるからである。この〈同一の愛〉は、異性愛――もちろん男性と女性の強弱関係を含む――体制が、お墨付きを与えた〈同性愛〉の形なのである。単行本での同性愛がナルシシズムと近いものとして語られるのも、こうした構図に沿っているからであろう。富枝が染子と一夜を過ごした翌朝に「新聞を持つて立上がると、前の姿見に染子の姿が映つて」いるというシーンがある（四五回、単行本では一五章）。鏡像としての染子と相対する構図は、二人の関係をあたかも鏡に映った自己への愛のように見せているのである。

もちろん、このタイプの〈同性愛〉は、ここから卒業さえしなければ、男性による抑圧を排除した、平等な関係として、フェミニズムにとってユートピアとなるものでもある。また、そこに性欲はないとみなされているから、そのイメージをカモフラージュとして、どんな関係でも含意することができるともいえる。しかしながら、単行本では、〈男性的〉な積極的な性欲も、〈女性的〉な消極的役割も演じられるという女性の自由度が目減りしていることも否めない。これは、演じる女性である三輪の役割が、初出に比べて大幅に減少していることともかかわる。セックスとジェンダーとセクシュアリティが、一つのパターンに固定化されることは、作り上げられた単一の構図が、身体の自然な欲望だといいくるめられるきっかけにもなるであろう。

以上、初出と流布している本文との差異に注目した上で、それを、作者の成長の軌跡としてあとづけるのではなく、このテクストが承認された文化的配置を探り、その状況に対する交渉の過程を分析してきた。こうした方法も、俊子のテクストに対しては、有効であろう。

（小平）

付記　本章は、小平麻衣子（二〇〇八）第二章と第三章をもとにしている。

6　境界を歩くように——小説世界にみられる表象のコード

小説をテクストとしてとらえた場合、主旋律を流れる物語の筋とは異なる次元に目を向けることで、ストーリーを追いかけているだけでは気づかない、記号と記号が織りなす豊かな意味を取り出すことができる。

本章では、その一例として、境界の表象ということに注目し、俊子の小説テクストが織りなす豊穣な世界像を素描してみたい。俊子が描き出した境界のイメージは多義的で、物語の筋ともかかわりあいながら、表象のレベルで興味深いドラマを上演していることが多いからである。

1　境界と文学

文学にとって、境界とは、その本質とむすびついた概念要素であるといえよう。境界と文学とは、切っても切り離せない関係にあるのだ。やや抽象的になるが、俊子の小説テクストを具体的に検討するまえに、境界と文学の関係について整理しておこう。

まず第一に、文学の世界を構成している物語の最小単位は、境界を越えること、つまり越境によって刻まれている点があげられる。主人公が日常と非日常の境界線を越えるという出来事は、物語の基本単位をかたちづくっている。わかりやすく作られた物語であれば、主人公や語り手が日常と非日常、内部と外部、現実と夢、生と死、現在と過去あるいは未来の間を越境するというファクターは、物語に繰り返し現れ、物語の骨格を構成しているだろうし、やや読解の難易度が高い小説のなかでは、その越境が意識の描写や観念的な叙述を通じて表現されることもある。いずれにしても、文学テクストのなかには、何らかのかたちで境界の表象を読み取ることが可能である。

第二に、境界とは、価値や序列を生み出す力とかかわっており、そのため、物語に奥行きを作り出す差別化の力学と連動していることが多い。世界を想像上の境界線によって二つに切り分け、その二者に上下や優劣の価値を与えるという運動は、エドワード・サイードが「オリエンタリズム」の概念によって説明づけたように、西洋の白人文化を中心とした近代の社会構造を根本から支えている(サイード、一九七八)。西洋(オクシデント)と東洋(オリエント)、白人と有色人種、文明と野蛮、男性と女性、といった諸々の二項対立を支える境界線は、価値や序列を生み出す差別的な場そのものとして機能しているのだ。

そして物語は、その本質として差別を好む。(1)なぜなら、物語が読者や聞き手にとっての好奇心を刺激し、関心を持続的に引き出すためには、標準的で一般的な次元からできるだけ隔たった要件が盛り込まれていた方が効果的だからである。日常的なことがらではなく非日常的な要素を選び取り、平均的で普通だと思われる状況から隔たった条件を取り入れていくことによって、読者はその物語を面白い、と感じることになる。平均的な次元からより上に、あるいはより下に隔たろうとする力が、物語には引き寄せられてくるのだ。だからこそ、古典的な物語や昔話のなかでも、主人公にはみなしごが好まれ、そのはじまりには、子どものいない夫婦が神仏に子どもを与えてくれと祈る場面が数多く見受けられる。しかし、裏を返せばそれは、みなしごであることが「普通」ではない、子どもがいない夫婦が一般的な状態でなく「欠如」を抱えている、と認識しようとする、差別的な感性を前提とし、そうした感性を無意識下で強化する可能性を持つ。つまり、物語を語る、あるいは読む現場においては、何が普通で、何が普通ではないのかを測定しようとする働き、普通と異常とを切り分ける境界線を基準とする目線が作動してしまうのである。そうした意味で、文学テクストには、境界とかかわった物語の原理が抱える差別構図が内包されている。

しかしながら第三に、境界がもつ両義性の力学は、物語の含んだ差別性を批評的に乗り越える可能性につながってもいることに着意するべきだろう。境界線とは、世界を二つに切り分ける作用をもっているが、それと同時に、まさに切り分けられたその境界線上において、異なる二つのもの同士が接しあってもいるからだ。つまり、そこは明白に隔てられたはずのものが接続しあい、いつ入り交じって、切り分けたことが無効になってしまうかわからないという、切断と溶融の相反する動きがせめぎあった場所だということにほかならない。境界とは、切断して分ける、という運動と、溶融して混じり合うという運動と、逆向きの効果が同時に想定される、両義的な場なのである。

さらに別の角度から考えてみると、そもそも境界線がなければ、内部と外部、こちら側とあちら側、われわれと彼ら、といった意識や観念自体が存在しないのだが、境界が引かれた瞬間に、境界を越える何かによって自分がおびやかされてしまうような、境界を侵犯されることへの恐怖が生じることになる。外部から侵入する異質な他者が、セキュリティを侵して同質的な内部にいるわれわれを侵害するという不安の心理は、境界線が引かれたそのときに生成し、その不安をなだめるために、より侵犯されにくい安定した境界線が欲望されることになるわけだ。ただし、境界がつねに切断と溶融の可能性を同時にふくみもった場所である以上、原理的に、侵犯不能の境界線など存在しない。したがって、境界線には、確定したいが安定させられない、不安定な両義性が漂うことになる。

そしてこの不安定さこそが、価値の逆転、転覆といった効果に連なっていく。[2] 何が上で何が下なのか、優劣、強弱の価値もまた、それを区切る境界線によって規定されているわけだが、境界はまさにその両義的な特質ゆえに、定められた価値を溶融させ異化してしまう可能性を帯びるのである。

だからこそ、文学テクストに描き出された境界が、その両義性によって物語とかかわるとき、価値を転覆させる力が呼び込まれるだろう。[3] 文学テクストが提示する世界像は多種多様であるが、その多くは、現実世界を支えながらも、見えにくくなっている社会構造や歴史的な記憶などを可視化した上で異化するという表現形式を分有している。つまり、文学的な言語形式をもったテクストは、読者が無意識のうちに常識として身につけてしまったものの見方や考え方にひそんだ罠やからくりを、目に見えるかたちで描きだし、それが見えたことによって常識に縛られた意識を解放したり、ほかの見え方や別の世界の可能性を伝えたりすることができるのである。

繰り返しになるが、そうした効果は、境界線がもった価値の転覆という力学によって引き起こされている。境界線を豊かに表象することを通じて、それを読んだ読者が境界線の両義性に触れ、自らの意識に潜んだ規範を揺り動かし、これまで当然視していた価値が再考されるというわけだ。

2　入口としての身体

境界を代表し、象徴するのは身体であり、身体の表面にはつねに境界の問題がつきまとっているのであるが、(4) 小説の導入部では、登場人物の身体や事物の描写を通して境界を表象し、越境のイメージを示すことで物語が起動するありようが叙述されることも多い。俊子の小説のなかから、印象的な冒頭部をいくつか例として引きつつ、分析を加えてみたい(なお、本章での引用は全て『田村俊子作品集』に拠る)。

まず、「嘲弄」(『中央公論』一九一二・一一)の冒頭を読んでみよう。

　老博士は中々出てこなかつた。禮子《れいこ》はなつかしい人を待ち倦《あぐ》むと云ふやうな物に甘へた心持で、何がなし悪戯でもしてやりたく、そこいらを見廻してゐたが、艶消しの硝子障子のはいつた高い窓のところから、一と枝低く延びてゐる梅の樹のこまかく茂つた小さい葉の隙間がくれに、おもちやの様な丸い梅の実が一とつ此方を向いて顔をだしてゐるのを見付ると、禮子は椅子を立つて行つてその梅の実を手を差出してもぎ取つた。丁度その時に正面に見える試演場の廊下を、女優のます美が両袖をかさねて小さな帯をしめた側面を禮子の方に見せながら、その廊下に添つた右方のどの室かに入つて行くのがちらと禮子の目にはいつた。

「ます美さんだ。」

　禮子は歓びの眼でその後《うしろ》を見送りながら、もぎ取つた梅の実を掌に握つて旧《もと》の椅子へ復ると、禮子はそれを卓子の上に載せながら、博士の足音の聞こえた途端に直ぐこれを隠さうと云ふ事をふと思つた。禮子はその刹那的の興味に心をいつぱい浮はつかせながら、卓子の上に載せた梅の実を賭でもする様にいつまでも見守つてゐた。

主人公の禮子は、作家としての社会的位置を得ながらも、文学の世界に飽きたらず、女優の道を志し、演劇協会に入ろうとしている。短篇の冒頭部は、その演劇協会で、会長である「老博士」を待ち受ける主人公を描写した場面から成る。自分にとっての新しい環境、新しい世界に踏み込もうとする一瞬が、境界をめぐる印象的な記号の連接によって構成されていることがわかるだろう。

扉の内側にいる禮子が、扉の外側から現れるはずの老博士の姿を思い描くことによって、これからまさに新しい世界への境界を踏み越えようとする主人公の行為が暗示され、「艶消しの硝子障子のはいつた高い窓」がその境界線を代行的に表象する。部屋の家と外を区切る窓は、禮子にとっての現在の世界と未来の世界を隔てる境界線を比喩的に表しているというわけである。さらに、その窓から「一と枝低く延びてゐる梅の樹のこまかく茂つた小さい葉の隙間がくれ」にみつけた「おもちやの様な丸い梅の実」が、境界線のイメージをより鮮明に印象づけつつ、代行し、表象していく。したがって、表象のレベルでいうと、椅子を立ち、梅の実をもぎ取ったという禮子の身体動作は、越境すべき境界線それ自体を自らの意思でその身に引き寄せる意味として読解できるのである。

女優として成功している「ます美」の姿を目に留めた禮子が、続く場面で梅の実をテーブルの上に載せ、「博士の足音の聞こえた途端」、つまり外側から新しい世界が現れ見えた瞬間に「直ぐこれを隠さう」と思いながら「梅の実を賭でもする様にいつまでも見守つてゐた」という描写は、境界の両義的な力を、自分の側に吸引しようとする主人公の意志として解釈することができるだろう。

ちなみに、この短篇には、作家のポジションを得ながらも、女優の道を志そうとして挫折した俊子の体験が反映されており、ストーリーとしては、禮子の期待は痛ましく裏切られ、演劇協会を辞してもとの世界に戻っていくという展開がたどられる。冒頭部において、表象のレベルで上演されたドラマは、ストーリーの次元で失速し、ぎこちなく滞り、演劇界に進もうとした主人公は「嘲弄」されてしまうことになる。ストーリーの位相から振り返って冒頭を見直してみると、作品の一部でありつつ、作品の内部世界とは微妙に区切られたタイトルのもつ効果が、境界を通して象徴的ににじみ出してくる。つまり、タイトルとして作品世界のすぐ外に示された「嘲弄」という記号と、作品世界の内側にある冒頭場面とが響き合い、冒頭場面での境界をめぐる主人公の表象行為を、境界のすぐ外から「嘲弄」のまなざしを向ける次元がある、という構造が可視化されるのである。

それでは、次に、「炮烙の刑」(『中央公論』一九一四・四)の冒頭場面はどうだろうか。


室内の戸はまだすつかり閉ざされたまゝでゐたが、外はもう昼に近いやうな光線が、戸の隙間から障子の紙に漏れてゐた。家のものたちは疾うに起きて働いてゐた。然し何室《どこ》にも物音も話し声もおこらなかつた。血を見るやうな一と晩ぢうの主人の争ひに気も心も消えてゐる女たちは、唾を呑んで、その昏惑しつゝある無智なこゝろの中に、唯己れを埋めて沈黙してゐるやうにひつそりとしてゐた。今日一日の間に、何か恐しい凶事がこの家に起るといふ予表のやうに、家のなかは暗澹とした隈を作つて、どこも陰気に閉鎖《とざ》されてゐた。外には悲しい風が吹き暴れてゐた。

> 混沌と眠りに落ちてゐた龍子《りうこ》は、時々びくりとして目を覚ました。その度に動悸が高まつて、心臓から頭脳《あたま》へ突き上る血の音が、枕に押付けた耳の鼓膜を破るやうに響いた。
> 突然、頭の上に押しかぶさつてくる真つ暗な陰翳《かげ》を見て、おどろいて覚めた時もあつた。目をつぶると陰翳は消え、目を開くとその陰翳は又かぶさつてきた。さうして、はつきりと目を見開いた時に、陰翳は一層濃くぱつと彼の女の顔にかぶさつた。それは自分を覗かうとして近寄せた男の顔であつた。龍子は声を立てゝ、起き返つたが誰れもそこにはゐなかつた。薄暗い部屋の中は陰鬱に静で、四方の障子や襖がぴたりと閉《た》てゝあつた。

「室内」と「外」は「すつかり閉ざされた」戸という境界によって分け隔てられているが、そこには「隙間」があり、外部から入り込んだ「光線」が境界を揺らがせている。「血を見る」という比喩的なイメージとして、そして「唾を呑んで」といった複数の人物たちの身体行為として表現されているのは、「血」や「唾」によって身体の境界線が侵犯される様態である。小説表現において、血や唾、涙、汗といった液体は、皮膚や粘膜の、想像される身体の境界線を内側から外側に越境する機能をもつので、境界が不安定にゆらぐ一瞬を効果的に描写することにつながっているからである。したがって、第一段落では、何かが日常と非日常への越境をうながし、日常が非日常的なものに変質してしまいそうな予感、「今日一日の間に、何か恐しい凶事がこの家に起るといふ予表」を、複数化した身体が上演する、融解しそうな境界線が象徴しているのだ。

第二段落では、睡眠と覚醒、夢と現実のはざまにある主人公の龍子の意識が示された上で、彼女の身体の「動悸」や「血の音」が、身体の内から外に向かって境界を突き破るという感覚が描かれる。続く第三段落では、目をつぶる、開くという視線の運動において、龍子が自分と他者の境界線を意識するありようが描かれていく。つまり、境界線が幾重にも交錯した情景がテクストの冒頭を彩っているのである。

こののち、龍子は「争ひ」の相手である「男」から逃げようと決意して出かける支度をするが、出かける直前に「男」の不在を知り、彼を追いかけなければならないと考え直す。逃げる行為は追いかける行為へと転換し、生にむかうベクトルと死への欲望が反転し、同居している慶次と、若い恋人宏三と、二人の男に執着する龍子のありようが叙述されていく。龍子は、宏三の存在を知って許せない罪悪だと逆上する慶次に対し、後悔はしない、謝りはしない、あなたを愛している、自分を殺せ、という論理で対峙する。冒頭に示された、侵犯される境界線のイメージは、物語の行く末を示すベクトルを入れ替え反転させ、そして、性をめぐる価値基準を紊乱させる龍子の意思とシンクロしていくのだ。

3 「あきらめ」の蔭を移動する

境界という観点から考えてみるなら、俊子の再デビュー作「あきらめ」(『大阪朝日新聞』一九一一・一～三、金尾文淵堂、一九一一、本章で扱うのは単行本版)もまた、境界線がゆらぎ、一般的な価値基準が崩れたその先に見える世界を提示しているといってよい。境界線がどのように表象されているのかに着意しながら、「あきらめ」の叙述をおいかけてみたい。

富枝は帰らうとして校舎の裏手へ出て見た。生徒は大抵散じ尽したあとで、遙か寮舎の方で水を使ふ音が聞えてゐた。園芸好きの古井が、花鋏を持つて坂を下りてゆくのが見えた。何と云うでもなく呼んでみると彼方《さき》は近くを探しながらくるりと振向いて、富枝を見附けると完爾《にこり》として又歩き出した。

オリーヴ色の袴が蹴上る。余り白くない脛が白足袋の上を一寸ばかり露はれるのが遠目に分る。自分の培養した花を自慢に寮舎の各室へ挿して廻つて、皆から嬉しさうな挨拶を聞いてそれで満足してゐる。いまに理想の園《ガーデン》を作つて一生を花の中に埋没して終ふのだと云つて楽しんでゐる。

絶対に世に出るな。甘んじて犠牲になれ。隠れて奮闘せよ。と教へる校長を戴く人として、あの人はその主義に背向かない方か何うだらうと富枝は考へた。自分の、虚名に心を腐らせたと云つて学監から訓された今の立場から比較《くらべ》て、平常《ふだん》注意を向けなかつた同級の一人の上にふと趣味深く立入つて見た。

「あきらめ」冒頭部で描写されるこの風景は、「絶対に世に出るな。甘んじて犠牲になれ。隠れて奮闘せよ。と教へる」ルールによって統御された学校という世界の内にある。主人公である富枝の目が最初に見るのは、「理想の園を作つて一生を花の中に埋没して終ふのだと云つて楽しんでゐる」、園芸好きの古井という同級生である。一見したところ、彼女は、女性を縛る校長の主義に共鳴し、学校、校舎といった閉じた境界をもつ世界のイメージを「理想の園」というはっきりした記号によって従順に象徴する人物として読まれよう。

ただし、この同級生を見る富枝の耳に、「遙か寮舎の方で水を使ふ音が聞えてゐた」ことを読みあわせるなら、遠くに見える彼女の姿に、ルールによって閉じた境界線がゆるやかに開かれるイメージが上書きされていることがわかるだろう。水は、ものを溶かしあわせるイメージ、その液体性によって、ものに染みこみ、固体物のあいだを流れ行き、境界を自在にすりぬける、境界溶融と境界侵犯の意味性をふんだんにまとった記号だからである。

あたかも富枝に聞こえた「水を使う音」に呼応するかのように、富枝に呼ばれた同級生は「くるりと振向いて」身体の向きを変更し、その身体について、蹴上がった袴の隙間から見える「余り白くない脛」が書き留められる。つまり、向きを逆に変える身体は、価値や秩序の逆転というイメージを醸成し、衣服や皮膚によって描かれる身体の境界線が歩行によってちらちらと揺れ動くさまは、可視化された境界線の不安定さを表象しているのである。

執筆した脚本が新聞の懸賞に当選し、舞台にまでかけられることになり、「自分の荻生野富枝と云ふ名が明治の文芸史上の一端を染めかけてゐると云ふ事に就いて誇りの影が射さないでもなかつた」富枝は、小説の冒頭で、なじみある学校の風景に未練をおぼえながらも、そこを辞めて校舎の外側に踏み出す決意をしかけている。書き出しのこの場面では、その境界線上にある主人公の心象と彼女をとりまく世界構図とが、風景と身体感触とをつうじて強調されているのである。

この富枝の歩いている境界線上の地平では、平常時の価値体系が混乱させられているのだから、続く場面で、彼女を呼び止めた同級の上田との距離感もまた、大きな変更を被ることになるはずだ。「親交のない」「平生《ふだん》は、余り好いた友とも思つてゐなかつた」彼女から、凡力のものとは違う「天才《ヂニアス》」と呼ばれ、「貴女は学校生活をして、学校制度の型に嵌つて遣ると云ふやうな小さな器ぢやない」と励まされ、「学校制度の型」の外に出て行くことを促され、富枝は彼女から「意外だと思ふ」ほどの好意を受け取るのである。

　そのとき富枝が思い起こすのが、親しみと好意をもちあっていた友人の三輪である。目の前にいて会話している上田と、不在の三輪は、対蹠にあるものとして描写される。「三輪さんを覚えて在らつしやいますか」と言う富枝の言葉に、上田が考えるように首をまげたとき、「耳の後の垢が富枝の眼の前を遮つた」。富枝は「少し横に離れて」、「眉の迫つた、眼の美しい三輪の面影」を思い出す。すなわち、境界線上にたった富枝の視界のなかでは、学校という世界に残る上田と、すでに学校という場所の外に踏み出し、女優として身を立てようとしている三輪とが、耳の後ろの垢と眉の迫った美しい眼という、相反する両義的なイメージの対比を通して接触しているのである。

　では、境界線を踏み越えた富枝は、その後どこに向かおうとするのだろうか。彼女の身体がどのような移動を目論んでいるのか、という観点から考えてみよう。

　富枝は、いずれ故国《くに》の岐阜に戻り「自分の力」で継母のお伊予や、まだ会ったことさえない祖母を養わなければならない、という境遇にある。彼女たちを喜ばせることを「無意義」だと悲観するのは「我儘」だと自覚するほどに「自分は利口に生れ附いてゐるのだと、富枝は悲しく断念《あきら》めてゐた」[5]。しかし、富枝は夫となる男性の経済力によって自分が養われるということは拒絶しており、あくまでも「自分の力」で経済的に自立することを目指している。したがって、学校を辞めることにした富枝は、卒業して得られる資格や根拠のかわりに、「文芸によつて身を立て」る可能性を考えている。

だが、富枝の意思は、文芸において成功し、立身する方向にまっすぐ向かうわけではない。富枝の身体が進もうとする方向には、何重にも彼女の自由を阻害し、閉じ込めようとする規範の境界線が立ち現れるからである。それは、富枝が男性ではなく、女性であることに起因しており、富枝の困難は、富枝とかかわる女性たちの声や身体、意思を通して重奏されていく。

物語のレベルでいうと、同居する義兄の疑わしい行為によって、姉の都満子は三輪にも実の妹の貴枝にも嫉妬の目を向けるようになり、そのため富枝は「兄の家」から外に出ようと身体を移動させる。(6) 自分を慕うあまりに病を患った様子の染子のところへ、親しい友として憧れる三輪の家へ、養女として他家に出てしまった妹の貴枝が住む家へ。そうして身を移動させる富枝は、女である自分を呪縛する力学を可視化させていくのだ。

たとえば、染子の苦しみは、「自分の身体が自由になつてお姉様の在らつしやる所へは何処へでも行かれるやうになりたい」という希望が絶対にかなえられないことに因っているといえるだろう。あるとき、染子を見舞った富枝は、離れたくない、と泣く染子に対して、「いくら好きでも、私は一生かうして貴女の傍にはゐられませんもの」と言う。富枝の言葉の裏には、染子の望みは非常識でかなえがたいものである、女性同士がともに生きていくことは不可能だ、という規範的メッセージが響いているが、このとき富枝は、むらむらと湧く雲の破れ目から夕焼け雲を見留め、さらにそれがいつの間にか押し流されてしまうのを眺めながら、祖母と継母のことを思い浮かべている。

あるいは、貴枝を連れ、急に思い立って箱根に行く場面では、貴枝の養母の心情を通して「女の癖に大胆」「女同士で此様ところに居るのは富枝さんも能くないから帰つた方が宜い」と、その行為が批判を受ける。

母へ附くもの姉へ附くものとの区別を明かにしないで遊んでゐたいとも帰りたいとも自分の意志を露にする事もなく、唯切々と化粧をして綺羅びやかな装ひを人の前に曝して貴枝は姉に伴れられて行つた通りを又母に伴れられて帰つて来た。富枝は貴枝が憎くはなかつた。唯眼の前に見た貴枝の動作の一つ〱が、不具者《かたは》もの丶動かす手足のやうに富枝には不憫に悲しく思はれてならなかつた。

自分の意志を表明することなく、化粧をして装う貴枝の姿は、「兄の家へ帰るのは厭だと思ひながら、外に宿るやうな馴染んだ家も持たない」「兄の家へ入るより他には富枝の身体を持つてゆく所もなかつた」という富枝の境遇に通じるものにほかならない。妹をまなざす富枝のかなしみは、兄の家から出て「一人別になる」ことを心に決めても、思うようにいかない富枝の置かれた状況に向けられたものでもある。

物語の最終部で、富枝は「祖母さんが亡くなるまで」岐阜で暮らすことを決断する。(7) それに対し、姉の都満子はどこまでも反対する。姉の不満は、一般的な価値基準を象徴したものにほかならない。せっかく脚本家として文芸の世界で成功しそうになっているものを「あきらめ」、地方に行ってしまうことは、挫折であり失敗である、という判断である。(8)「それぢや富枝さんは岐阜の人にならうつて云ふのね。相当な良人《つれあひ》でも持たせられ丶ば持つ積りなの」と「少し冷かす」ように問いかける姉の言葉は、世間一般の声を代表し、才能を惜しむ色合いを帯びている。

だがその言葉は、「富枝には寧ろ滑稽であつた」のだった。それはなぜだろうか。

富枝の現在の境遇に於ける慾望や自由は皆あきらめの蔭に隠れてゐると云ふ様なのが今の富枝の心の形であつた。云ひ度いやうな不足もなかつた。お伊予の都合のい丶時に手荷物一とつ持つて、まだ行つた事のない岐阜と云ふ所へ祖母に逢いにゆき、又その土地から離されるまではそれ丈の年限を其処で送らうと云ふ、それ限りの覚悟だけであつた。

境界と移動という地平から読み進めてみるならば、富枝は「あきらめの蔭」に隠すことによって、「慾望や自由」をその身に色濃く引き寄せ、実行しようとしていることがわかる。反対する姉に、「自分は唯祖母の介抱に行くだけ」で、「自分は何処へ行つても自分一箇」だと説明することからも明らかなように、富枝は「何処へ」でも行けるのだ。富枝には「岐阜の人」になるつもりも、「良人」を持つつもりもなく、ただ「まだ行つた事のない」場所に期限付きで移動するという「覚悟」だけが、はっきりと記されていることに注意しなければなるまい。つまり、岐阜に移動して何かを「あきらめ」たように見せることによって、兄の家を出る富枝は、「自分一箇」が移動する自由を手に入れているのである。それは、「身体を持つてゆく所」を、継母の伊予や祖母のいる女性たちの空間に求め、「身の移動」をめぐる自分の「慾望」を実践しようとする「覚悟」にほかならない。

翌日富枝はお伊予と共に東京を出立《た》つた。その朝三輪から十二月の幾日《いくか》とかに日本を去ると云ふ端書の知らせがあつた。わざ〳〵知らしてよこした書状は一枚の端書であつた。それが月並らしく富枝には感じられた。

新橋の停車場で泣いて立つた姉の姿を富枝は眺めた。そしてこの汽車が大磯を通過《す》ぎることを思つてゐるうちに汽車は出た。

富枝と一緒にいたいという望みの不可能性に泣いた染子と、やはり富枝と共に暮らすことをあてにしている祖母や継母とが、流れ動く夕焼け雲を追いかけた富枝の視界のなかでつむぎあわせられていったのと同じように、小説テクストの末尾では、富枝の移動に同行する血のつながらない母、移動した先に待ち受ける祖母、泣いて見送る姉の涙、そして大磯で静養している染子といった女性たちの存在が、富枝の存在を通してむすびつけられていることに留意したい。さらにいえば、この場面では、移動することを決めた富枝と三輪の行為がシンクロしているのであり、(9)「あきらめの蔭」には、移動する女たちの意志と、女たちを連接させるやわらかな吸着力とが書きつけられているのだ。

4 蛇の身体

最後に、身体の境界を表象することを通して、女性の身体価値をめぐる認識を転倒させた短篇「蛇」(『中央公論』一九一六・一二)を検討してみたい。(10)

小説の冒頭部では、身体の境界部分が、主人公の身体感触や身体を動かす所作を通じ、温みのあるなめらかさをもって立ち現れている。

隣室で大きな母親の声がしたので愛子は目が覚めた。顔を埋めてゐた夜着の襟から、身体を摺り上らせて、机の上に仰向いた機《はづみ》にピンが畳の上に落ちて音を立てた。それと一所に、沢山な髪の毛がずるりと解けて垂れた重さが彼女の頭に感じられた。

何時だらうと思つたが彼女は起きやうともしなかつた。室の中には日光が仄かに何所からか射してゐる。その薄い静な光りがこの室の中を支配してゐるやうに、彼女の寝床の周囲が大層森《しん》と落着いてゐる。寝耳に聞いたと思つた物の音も、ぴつたりと止んでゐて、隣室まで静であつた。彼女は夜着の中から手を延ばして解《ほど》けた髪の毛にさわつて見た。紫と青と朱を手綱に絞つた縮緬の長襦袢の平袖から彼女の真つ白な二の腕が現はれ、緋の裏が恥かし気にその肉に絡んだり離れたりした。彼女は暫らくその手で心地快く滑こい髪を撫でゝゐたが、その手を引つ込めやうとした時に、何か枕許で触つたものがあつた。急いで仰向いて見ると、横手のところに真つ赤なダリヤを二三十本も伊万里の壺に入れたのが置いてあつた。その一本の茎に紙片が結び付けてあるのを愛子は見付けた。

音による睡眠からの覚醒ののち、夜着から摺り上られた身体が、解けた髪の毛の重みと滑らかな感触に中心化されながら、仄かに射す日光を媒介にして読者の視界の中に可視化されていくだろう。母親の大きな声、寝耳に聞いた物音、ピンが畳の上に落ちる音は、「彼女の寝床の周囲」の静寂との対比を描き出し、「室の中」に彼女の身体を落ち着かせる。「縮緬の長襦袢の平袖」から現れた「彼女の真つ白な二の腕」が「緋の裏」に「絡んだり離れたり」しながら「心地快く滑こい髪を撫で」る所作は、主人公の愛子が、みずからの身体境界を自分のものとして確認しようとする行為として読解することができるだろう。

その手を引っ込めようとした瞬間に触れた「真つ赤なダリヤ」は、彼女の舞台を見に来る男から贈られた花であるのだが、比喩的にいえば、女優であり、ときに美しい容貌を金銭と引き替えなければならない状況におかれた愛子の身体と連接されている。その贈り主を愛子は知らない。花は毎朝のように贈られるため、「初めは好奇心を持つたが、この頃ではそれも慣れてしまつて格別心を惹かれもしなかつた」。「そうしていろ〳〵な花を贈つてくるのが室の中に置場に差支へて却つて邪魔になつた」。そしてまさに、これらの花と同じように、「以前のやうな人気もないので、館主は自分に飽きが来てゐる」ことを愛子は知っているのだった。

さて、その「一本の茎」に結び付けられた紙片を、「起き返りもしずにその姿《なり》の儘で」解こうとするが、どうしてもほどくことができない。諦めて「読んでみる気もしなくなつた」彼女は、「こんな花なんか呉れるよりも、十円でもいゝから一どきにお金で贈つてくれる方が余つ程助かる」と思う。愛子の意識において、メッセージを含んだ花は、金銭と交換可能なものに置き換えられた上、「十円」より価値の劣るものだと位置づけられる。すなわちそれは、比喩の位相で、彼女の身体もまた金銭に置換されることを意味しており、愛子は自らの認識する言葉によって、金銭的価値の低い身体として、存在を損なわれた商品として、自身の身体を現出させていくことになる。

一方、うち捨てられ、読むことを放棄されたその「紙片」は、愛子の世話をするお時が、金策を算段して「毎朝のやうに花を寄越すあの男を、何うかして客にしやう」と漏らしたときに再び思い出されることになる。

あなたのやうな天才が、あゝした小屋に其の容色と一所に芸までも荒ましてゐる事を私はほんとに悲しんでゐます。あなたの声は嗄れてしまひ、あなたの踊る足許はよろ〳〵してゐるぢやありませんか。何と云ふ哀れな疲労でせう。この悲しいあなたの生活を、私は夜も昼も考へ続けてゐます。

広げた紙の上に書かれた文字を見て、気恥ずかしいような思いにおそわれた愛子は、「この人はきつと詩人だよ」と言い捨てるが、「哀れな疲労」「悲しいあなたの生活」という文字は、彼女に昔のことを思い出させる契機となる。お時にはその「文句の意味が分らなかつた」言葉は、花と金銭、身体と金銭が交換可能なものである構造を可視化する機能をもっている。「哀れな疲労」を経て金銭価値が低下してゆく「天才」の「悲しい」生活を、紙に書かれた言葉が目に見えるものとして描き出すのだ。「紙切れに書いてあつた言葉」によって思い出される過去が愛子を悲しくさせ、その悲しみが彼女の身体を「涙」によって融解させる。しかしながら、愛子の過去は、「女優の天才」と賞賛されたときも含め、その身体の上を金が流れていくように、「芸」や「容貌」や「肉」を、「自分のある値」「買値」と引き替えにすることによって成り立っていたのだった。だから、「詩人見たいな事」を言う男が「いくら私に同情ばかりしてくれたつて」「何にもなりやしない」と、そう言った愛子は「自分の言葉」で「くさ〳〵した心持」をはらってしまう。現在を批評する男の言葉によって自らの身体をめぐる価値観をいったんはゆらがせながらも、愛子はそれを「自分の言葉」によって避ける。なぜなら、状況を距離をもって批判し、相対化し、可視化するだけでは、積極的な変化を刻むことはできないからである。

その彼女を根源からおびやかすのは、館主の新しい提案である。次の興業で、本物の蛇を使った「蛇責め」の一幕を加え、「愛子の半裸体に蛇を巻き付かせて、女の苦悩を見物に見せ、それで人気を取らう」というのである。「持ち上げると、をとなしく、ぐる〳〵と腕にでも頸にでも巻き付くんださうだ。其奴《そいつ》をちよいと逆にやつて、うまく塩梅をすると、又、する〳〵と解けるんださうだ」。こう言って館主は、愛子が断れば「度胸の好い女優を外から雇」うつもりだと言い放つ。

愛子は慄然とし、「鏡に映る自分の半裸体を眺める時も、それに巻き付く蛇の形を想像すると、全身が水を浴びたやうに粟立つた」。「気味が悪るく」、「自分の首の周囲に垂れ下がつてゐる髪の毛の触覚にも震えながら、其れを我慢して自分の手で丸めたりした」。彼女は人気の翳りにつけ込んだ館主のやり口に悔しさを感じる一方で、雇い主から見放され、使い捨てられてしまうことへの恐怖も感じざるをえないのだった。

幕の間にも「胸の悲しさ」で乱れ、舞台の上で愛子は「無暗と涙を落とし」、相手役の男優に「持つてる花を渡そうとした時には、嗚咽してゐた。前に結んで下げた鴇色の扱帯がその涙で濡れたのを男優は見た」。思い惑う愛子の身体は、小説冒頭で描かれたなめらかな境界の感触の対極にあって、皮膚感覚によって、視線によって、そして涙によって、振動し、溶融し、混沌とする。

「ぐる〳〵と巻き付く。する〳〵と解ける。」という館主の言葉を「何所に居ても彼女は繰り返した」。蛇を身にまとうという上演＝表象を想像する主人公の身体は、煩悶と混沌を経て、その境界感覚を変容させていく。彼女の身体が、蛇と触れあう皮膚感覚を受け容れることによって、認識自体が更新されていくのだ。

小説の末尾で、演目の作者である長谷部から問われたとき、「やる事に決めておくわ」と返答した愛子は、自分の愛人として金を出すつもりの「R」や「M」といった男たちより、蛇の存在を近しく感じている。


「Rの顔を見るより、蛇でも見て来た方が余つ程増しだ。」

そうして彼女の感情がひどく残忍になつて来た。自分が蛇を使つたらRはきつと身震ひして逃げ出すだらう。其れからMも――厭な奴に対する脅喝。世間へ対する脅喝。それから弱い自分に乗じて自分を虐げやうとする館主への脅喝。――蛇は其れに味方をしてくれる。

「小気味がいゝ、つたらない。」

彼女は長谷部を待たしておいて部屋へ戻つた。コートを着たり、手提げを持つたりして再び下りて来るまでには、いろ〳〵な計画が出来てゐた。この仕事をやるからにはそれだけの報酬を館主から貰ふことを考へた。そうして館主などは恐くも何ともなかつた。

外へ出ると、雨がやんで、雲から漏れた月の光りが道の上に流れてゐた。長谷部は呑気に煙草をふかしながら、何か着込みをしてやる方がいゝ、襦袢でも着れば余つぽど感じが違ふ。と云ひながら歩いてゐた。

「そんな事をしちや面白くないわ。やつぱり直かにして見せなくちや。やるからには序《ついで》にいろ〳〵やるんだわね。」

自分を「天才だ」と云つた男の事が、ふと彼女の胸に浮んだ。

「私の生活を悲しい生活だと云つたが、それを見たらあの人は何と云ふだらう。」

彼女はその男まで馬鹿にしてやるやうな快い心持がした。


蛇を自らの身体と触れあわせることによって、愛子の身体境界は蛇そのものと同一化したイメージになる。「自分が蛇を使つたら」、彼女の身体に触れようとする男たちは、「直かに」蛇に触るイメージに仲立ちされ、「身震ひして逃げ出すだらう」。つまり、境界に衣服の代わりに蛇を着てしまうことによって、愛子は女性身体に附与された性的価値を脱ぎ捨ててしまおうとしているわけだ。

だからこそ、「報酬」の意味もこれまでとは違っていく。花が買われるのとは異なる、一般的な価値から逸脱した特殊な付加価値、自らが決めた「それだけの報酬」を館主から「貰ふ」ことで決定づけることを、彼女は思い描いているのだ。

「私の生活を悲しい生活だと云つた」男まで「馬鹿にしてやる」心持ちが快いのは、男が「私の生活」を言葉にして可視化した相対化の手続きよりもさらに高度な表象的実践を、彼女が決意したこととシンクロしていることに因っている。愛子の遂行しようとする表象上の行為は、規範や尺度をその文脈ごと作りかえるダイナミズムを指し示しているのである。

境界という場の革命的な紊乱は、かように、危険な可能性にあふれているのだ。そしてこの「快い心持」が境界を越えて伝染することによって、読者の身体意識もまた、塗り替えられるにちがいない。

■注

(1) 物語と差別の関係については、拙文「物語は偏在する。」(一柳ほか編、二〇〇五、一七二〜一七五頁)を参照されたい。

(2) こうした境界侵犯をめぐる表象の力学については、ストリブラス、ホワイト(一九八六)を参照。

(3) メアリ・ダグラスは、境界の機能とは秩序を作り出すことにあり、身体こそが境界を代表するモデルであるということを指摘している。周縁部としての身体境界は権力と危険によって包囲された場であり、いいかえるなら、境界は革命的な価値の攪乱機能が集中した場でもあるのである(ダグラス、一九六六)。

(4) 身体の政治性について考えるための必読書として、ジュディス・バトラー(一九九〇)がある。

(5) タイトルの「あきらめ」をめぐる解釈については、横井司(一九九〇)に研究史の整理がある。本文中にあらわれる「あきらめ」は、冒頭に近い「富枝は悲しく断念《あきら》めてゐた」というフレーズと、末尾付近に現れる「富枝の現在の境遇に於ける慾望や自由は皆あきらめの蔭に隠れてゐると云ふ様なのが今の富枝の心の形であつた」という二カ所があり、多くの先行論においてはいずれかに解釈の論拠をおいている。横井は、「断念」と「あきらめ」の間の差異に女性の成長という物語を読み取っている。

(6) 山崎眞紀子は、兄の緑紫が女たちの連帯を引き裂く構図は、初期作品のなかで女性同士の連帯を男が引き裂くという構図に通じていると指摘している(山崎、二〇〇五a)。

(7) 設楽舞は、「あきらめ」を、新旧の価値を明らかに見極めた主人公が自らの行き方を選択する「決断の物語」と解釈している(設楽、二〇〇五)。

(8) 田中恵里菜は、女性たちを閉じ込める社会的な「クローゼット」と境界線の力学を主題とした議論のなかで、岐阜行きについて、テクストが男性ジェンダー化された規範のなかで、「切り捨てられてきたもの」を「選択しうるもの」として位置づけ直していると指摘し、最終場面での描写は、〈制度〉に縛られる姉の都満子と「そこから自由に移動してみせた富枝」の対比を表象していると論じている(田中、二〇一一)。

(9) 富枝と三輪のあいだに表象される「共闘」のコードに関しては、小平(二〇〇八c)を参照。小平論では、その共闘は必ずしも一元的に機能するのではないという、テクストの両義的構造について論じられている。

(10) 古郡(二〇〇〇・二〇〇三)は、俊子の描く、皮膚や肌の感触のもつ機能にはさまざまな境界表象の問題系が呼び込まれてくることを指摘している。

(内藤)

7 「女作者」論——テクストに融ける恋する身体

1　化粧と女性の自立

女であることと、作家であることを結んだ「女作者」は、ある意味で俊子の代表作といってもいいのだが、必ず何かしら留保をつけなければ論じられない作品でもある。『新潮』一九一三(大正二)年一月の初出時、この作品は、「遊女」というタイトルで発表されており、『誓言』(新潮社、一九一三年)に収録の際、改題されている。はたして、「遊女」と「女作者」は、入れ替え可能なのだろうか?

「この女作者はいつも白粉《おしろい》をつけてゐる」。白粉を水で溶いて刷くとき、小説の想が湧いてくる。作品には、「だからいつも白粉の臭みが付いてゐる」。作中の女作者は固有名を持たないが、これは、俊子本人を彷彿とさせるイメージでもあろう。平塚らいてうは俊子について、「濃化粧した細おもての顔は、女形のように堅い技巧的なものでしたが、わたくしたちの生きてきた世界とは全く別のところから来たような人で、たしかに初めは戸惑いを覚えた」(平塚、一九七一)と述べている。上海で亡くなったとき、草野心平が形見にもらったのがほほ紅であるというのも、人生を通しての彼女のイメージを物語る(草野心平「憶佐藤女士」『女聲』一九四五・六)。これは、女性が化粧に縁があるという以上の意味を持つ。

「女作者」の時期、女性が白粉をつけるかどうかは、生き方の新旧を分ける指標だったからである。

明治末期、お化粧で装うのではなく、よく動く瞳や、内面を雄弁に語る表情を持つ女性が、新しい女性として注目された(飯田、一九九八)。森田草平が平塚らいてうとの心中未遂事件を小説化した「煤煙」(第二巻、一九一〇年、如山堂)でも、主人公が「顔色のダークな女」であることがほのめかされており、また、その事件をモデルにしたと言われる夏目漱石の小説「三四郎」(一九〇八年)でも、主人公の美禰子は、「薄く餅をこがしたような狐色」と描写されている(『漱石全集』第五巻、一九九四年、岩波書店)。岡田八千代は「私の見た俊子さん」(『新潮』一九一七・五)で、俊子が世間では大変厚化粧のように言われているが、ちょっとおしろいをつけると派手に見えるたちなのだと、かばっているが、この化粧観の違いは、たった二歳違いのらいてうが俊子を、「人間としてほんとの生活をしようといふ要求や、努力に生きる新しい婦人でもなく」、「利巧な、器用な古い日本婦人」とこき下ろすように(「田村俊子さん」『中央公論』一九一四・八)、女性としての生き方の違いに直結している。

というのはむろん、化粧が、自分をよく見せたいという虚栄、特に男性に対しての媚びという社会的意味を与えられているからである。はたして初出の「遊女」というタイトル通り、「女作者」の主人公は、夫との官能に依存的であるようにもみえる。女作者は、最近は想が枯渇し、何も書くことができない。彼女の苛立ちに対し、彼女の夫は、そもそも女が書くことに懐疑的で同情もみせない。激高した女作者は夫に挑みかかるが、その瞬間ひらめくものがある。

「おい。おい。おい。」

女作者は低い声で然う云いながら、自分の亭主の襟先を掴むと今度は後の方へ引き仆した。
「裸体《はだか》になつちまえ。裸体になつちまえ。」
と云いながら、羽織も着物も力いっぱいに引き剥がうとした。その手を亭主が押し除けると、女作者はまた男の脣《くちびる》のなかに手を入れて引き裂くやうにその脣を引っ張つたりした。口中の濡れたぬくもりがその指先にぢつと伝はつたとき、この女作者の頭《つむり》のうちに、自分の身も肉もこの亭主の小指の先きに揉み解《ほぐ》される瞬間のある閃きがついと走つた。

もちろん、肉体関係が示唆されている。その馴れた関係のために、夫への不満はうやむやにされ、別れることもできないのである。

フェミニズムにとって、精神的・肉体的両面にわたる自立は、守られねばならない。しかし、女として自立する、ということが簡単に可能なわけではない。なぜなら、女ということばや概念は、それ単独ではなく、男との対比的な関係性の中で定義が生じてくるものだからである。特に、女であるといえる根拠の中で、揺らがないとみえるのが身体的特徴であり、男性と肉体的関係を持ったり、妊娠したりすることで、男性とは異なる特徴が認識される。だが、男性との肉体的関係は、関係そのものに依存するのはむろんのこと、体力や権力の差から不平等な関係になったり、あるいは、肉体的な構造から女性が受け身であると思われたりしがちである。だから、自立のためには、男性との肉体関係そのものを拒否するという考えも出てくる。

極端かもしれないが、それだけ、当時の男性のさまざまな局面における権力は強大だったということであろう。実際、俊子の周囲でも、たとえば『青鞜』に参加した遠藤(岩野)清が、岩野泡鳴と、性交渉を持たない同棲を取り決めたことは有名である。また、さきほど化粧っけのないイメージを確認した平塚らいてうは、塩原事件と呼ばれる、森田草平との有名な心中未遂事件の際、世間からは恋愛のための逃避行とみられていながら、袴をとらなかったという。肉体の貞操を守ることは、男性の支配から精神的にも自立することだったのである。

2 〈女らしい〉書き方とは?

だが、その場合、自立はできるとして、今度はそれが〈女〉の自立だといえるのかと疑問を呈する人も出てくるだろう。身体的特徴を女性らしさの根拠から外したり、その時代に〈女らしい〉とされている振舞いを拒否することは、性別自体の無化だとか、男性化していると捉えられがちだからである。男性との対関係を断ったとき、〈女〉だといえる根拠をどこに求めればよいであろうか。〈女として自立する〉ことが、自らの意識だけでなく、周囲にも認知されるには、どのように振舞えばよいのかということは、多くの女性が考えてきたことである。小説の中の女作者は、らいてうとは反対に、化粧をし、装い、いわば女であることの承認を強く求める。それが、肉体的関係のゆえに夫と別れられない女作者の心理と結びつけられる時、男性に依存し、自立しきれない状態とみられがちであり、女性が性の〈対象〉とだけ見られることに加担しかねない。そのため、「女作者」のいきかたは、危険なものになる。もともとの「遊女」というタイトルは、男性を手玉にとるしたたかさだけでなく、その危険も表してしまっている。

作中では、女作者と友人の対話として、上記の対立が検討されている。女作者を訪ねて来た友人は、「自分の芸術に生きると云ふ事は、やつぱり自分に生きるつて事」という信条から、恋人と別居し、「肉と云ふものは絶対に斥《しりぞ》ける夫婦と云ふものを作らうとしてゐる」ことを語る。岩野清やらいてうのような方向性を体現しているが、彼女の前に女作者は、男と別れたいとも思ってみるものの、男性と交歓する濃密な感覚を手放すことは出来ず、「私ぐらゐ自分のない女もない」と卑下するしかない。

だが、事は人物の行動というレベルだけにはおさまらない。当時、女性作家が書く作品について、文壇の占有者である男性作家からは、「私どもは女性からは女性の真の声を聞きたいのです。何を苦しんでか女性から男子の仮声《こはいろ》を聞くを要せんや」（発言者の明記なし「曰く、気取るな」『新潮』一九〇八・五）、「真の女の心持をあらはした者は女でなければ書けない」（田山花袋「女の心持」『女子文壇』一九〇九・三）、「女性からは女性の声を聞きたい」（徳田（近松）秋江「当今の女流作家」『文章世界』一九一〇・一一）というように、〈女らしい〉内容が期待されていたのである。

はたして、「男子の仮声」という疑惑を受けない程度に、しかし規範化された〈女らしさ〉から脱却することは可能であろうか。彼らは、「尤も、女らしいと云つた処で、単に繊細だの、優美だのと云ふやうな趣味だけを云ふのではない。どんなに鋭くとも、どんなに烈しくとも、どんなに皮肉でも、どんなに意地悪くとも、それが、女らしく強く、鋭く、烈しく、皮肉で、意地悪くあれば好い」とも言うが（発言者の明記なし「己を忘れたる女流作家」『新潮』一九〇八・五）、そもそも何らかの〈女らしさ〉という先入観を持った上での発言である以上、それを裏切らないことは不可能であり、作品は評価されないことになるであろう。「女作者」が女性作中人物の視点を中心化し、〈女ならでは〉とみえる化粧や性的体験にこだわるのは、こうした状況をふまえている。ただその点が、「女作者」は、女性に性欲の表現が禁じられていた時代の中で、それをまず表明した勇気がある、あるいは、〈女らしさ〉を装う戦略を取らなければ、女性ながらに作家と呼ばれることはなかった、というふうに、留保を付けての評価につながった。

俊子自身、この点は悩みどころであったらしく、男性との性的体験について、親和的にとらえるか、嫌悪ととらえるか、いくつかの作品で揺れている。「生血」(『青鞜』一九一一・九)では、男性と肉体的関係を持った主人公は、自分自身を、「毛孔に一本々々針を突きさして、こまかい肉を一と片づゝ抉りだしても、自分の一度侵つた汚れは削りとることができない」と嫌悪しながらも男性と離れられず、「憂鬱な匂ひ」(『中央公論』一九一三・一〇)の主人公は、知り合いの品子の、肉体を利用した男性との関係のもち方に対して、「高尚」「奇麗」という感じと、「やつぱり汚らしい荒《すさ》んだ肉の感じばかりが残つていやになつた」との思いの間で揺れ続ける。

また芸術に対する態度としても同様に、〈女らしい〉芸術を追究するか、芸術に男女はないと考えるか、という両極の間を、俊子は最後まで揺れ動いた。「暗い空」(『読売新聞』一九一四・四・九〜同年八・二九)では、両局を体現する人物が対峙するし、また、俊子自身も、「女は矢張、自分自身を見詰め乍ら、女自身の持つてゐる特殊な感情を突詰めて書いて行くよりほかに道がないんです」(「恁んな小説が欲しい」『時事新報』一九一五・六・二四)としながら、後年には「退廃的な女の感覚、女の悩み、女の恋愛と云ふやうなものばかりを書いた」が「行き詰つて了つた」と振り返っている(「一とつの夢」『文藝春秋』一九三六・六)。

3　身体の境界融解の悦楽

だがじつは、化粧をしたり、装ったりすることは、必ずしも男性への媚びといえるわけではない。今一度、「女作者」のテクストを見てみたい。

おしろいを塗《つ》けずにゐる時は、何とも云へない醜いむきだしな物を身体の外側に引つ掛けてゐるやうで、（中略）さうしておしろいを塗《つ》けずにゐる時は、感情が妙にぎざ〳〵して、「へん」とか「へつ」とか云ふやうな眼づかひや心づかひを絶えず為てゐるやうな僻《ひが》んだいやな気分になる。媚を失つた不貞腐れた加減になつてくる。それがこの女には何よりも恐ろしいのであつた。だから自分の素顔をいつも白粉でかくしてゐるのである。

このような部分によれば、確かに、白粉をつけることは、地の自分を覆い隠して、他人からも心地よく見える仮面をつけることのようにも思える。自分らしさを隠し続けるとしたら、女性の解放とは程遠いということにもなろう。だが、女作者が、「誰も見ない時などは舞台化粧のやうなお粧りをしてそつと喜んでゐる」とか、具合の悪い時も「わざ〳〵白粉をつけて床のなかに」いる、鏡の前で「自分の棲先の色の乱れを楽しむやうに鏡の前に行くとわざ〳〵裾をちらほらさせて眺めて」いる、などの叙述からは、必ずしも装いが他人のためではないことがわかる。

女作者にとって、白粉の魅力とは、白粉が水で溶かれて刷かれるときに、「頬や小鼻のわきの白粉が脂肪《あぶら》にとけて」、「人知れず匂つてくるおしろいの香を味」わうことでもある。白粉の、体温とは異なる冷たさは、はじめ、自己の身体の外郭を意識させるであろうが、次第に自分の分泌物であるかのように皮脂と溶けまじり、香りも、自らの体臭とまじりあう。香りとは、どこからどこまでがこの香りだといいにくく、範囲の確定や、分類・序列づけに不向きな、拡散する感覚の最たるものであろう。つまり、化粧を通じて、自らの身体の輪郭が溶け出し、空間に拡張され、あるいは侵犯されること自体に快楽があるのである(「6　境界を歩くように」参照)。

　こう考えると、夫への暴力的な行為も、着物を引きはがすようにしたり、「男の脣《くちびる》のなかに手を入れて引き裂くやうにその脣を引つ張つたり」しており、あきらかに、夫の外皮を破り侵し、より深部に潜り込もうとする行為だといえるであろう。中村三春は、女作者のこの行為を「愛撫」だと述べているが(中村、一九九二)、もし、男性との性行為も、身も心も相手と溶け合う、境界融解的な行為だと理想的にとらえるとすれば、暴力は性行為の延長として捉えられるであろう。だが、夫の「身体のなかはおが屑《くず》が入つてゐるのである。生の一とつ一とつを流し込み食《くは》へ込むやうな血の脈は切れてゐる」と描写される通り、夫の身体の袋の内外に交通はなく、理想的な状態は到来しない。女作者は、白粉をつけないと、「放縦《ほしいまゝ》な血と肉の暖《ぬく》みに自分の心を甘へさせてゐるやうな空解けた心持になれない」のだが、ここでは、夫との性行為一般ではなく、暴力的な行為だけが、白粉を刷くことの代替を期待させる行為である。このようにみると、女作者は、夫との肉欲に依存しているとは、単純にはいえなくなってくる。

　そしてさらに、自己の境界の融解は、女作者の書くことにかかわっている。「女作者」の冒頭は、次のように始まっているからである。

この女作者の頭脳《あたま》のなかは、今までに乏しい力をさんざ絞りだし絞りだし為《し》てきた残りの滓《かす》でいつぱいになつてゐて、もう何《ど》うこの袋を揉み絞つても、肉の付いた一と言も出てこなければ、血の匂ひのする半句も食《は》みでてこない。

むろん、絞り出すように書く、というのは、常套的な比喩でもあるが、これは、先ほどから述べる境界の融解というテーマに連なる重要な比喩として生きている。夫の体におが屑が詰まっている、という表現と並べると、書き悩む現在の女作者は同様でありこそすれ、本来彼女にとっての執筆とは、皮膚で隔てられた身体の内部と外部に交通が起こる、境界の融解なのであり、暴力によってでも回復しなければならないものである。重要なのは、夫を相手にするのも「つまらない」というように、融解する身体が、夫との行為それ自体としては成立せず、レトリックによって実現されていることである。

この引用部に続くのは、女作者が創作に行き詰まり、原稿用紙にいたずら書きをしたり、空を眺めてばかりいると、次第にやわらかな空模様が好きな人の微笑のように思われてくるという場面である。「そんな時の空の色は」、「森の大きな立木の不態《ぶざま》さを微笑してゐるやうに」、「女作者の顔の上にも明るい微笑の影を降りかけてくれる」と、空が擬人化されているのであるが、それは、女作者自身にも変化を起こす。

女作者は思ひがけなく懐しいものについと袖を取られたやうな心持で、目を見張つてその微笑の口許にいつぱいに自分の心を啣《くく》ませてゐると、おのづと女作者の胸のなかには自分の好きな人に対する感じがおしろい刷毛が皮膚にさわる様な柔らかな刺戟でまつはつてくる。

ここでは、「心持」が、「袖を取られた」という受け身的身体動作で表現されることで、心が身体をコントロールしている通常の序列が、逆転されている。そして、女作者の〈目を見張る〉動作の直後に「その微笑の口許」が続くことで、一瞬、女作者が微笑の動作主でもあるかのような曖昧さが生じ、続く空の擬人化という融解や、さらに空が女作者をくくむ一体化と、共鳴してゆく。「好きな人に対する感じ」が、胸の「なか」で感知されるのにもかかわらず、「皮膚」という外部の感触として描かれるのも、心身が裏返されたかのようなイメージをつくり、空と女作者が互に陥入する放恣な印象を助長するだろう。

女作者が輪郭を失って溶けだすこのような様子は、さきほど見た現実の夫との関係のなかでは成就せず、レトリックというテクスト上の言語効果としてのみ実現されている。ややこしいのは、この冒頭の空との交歓が、女作者にとって好ましい印象で描かれているにもかかわらず、いうまでもなく、空想しているということは、女作者が作品を〈書けていない〉苦悩の状態であるということである。女作者がもっとも書けていない時、「女作者」の放恣な表現がもっともなめらかに進行しているように見えるのである。これはどういうことだろうか。

この部分は、「女作者」全体として見ると、最初に書けない状態が前提として示される部分であり、その後、「それで今朝この女作者は自分の亭主の前でとう〳〵泣きだして了つた」という一日がクローズアップされ、夫に暴力をふるうという一回的な出来事が生起していく、と一応は納得される。ところが、書けずに不快であるはずの状況の中に、先ほどの空との交歓がさしはさまれている。また、これに続けて、女作者がいつも白粉をつけているという重要なモチーフがでてくるが、白粉をつけないと「不貞腐れた加減」になるといい、また「どうしても書かなければならないものが、どうしても書けない〱と云ふ焦れた日にも、この女作者はお粧《つく》りをしてゐる」というのだから、空との交歓の艶っぽさは、女作者が書けないゆえに白粉をつけ、艶っぽい気分が生まれるという効果が生じたものと考えられる。しかも、白粉をつければ、「だん〱と想が編まれてくる」というのだから、白粉は書けないものを書けるようにする魔法である。「この頃はいくら白粉をつけても、何にも書く事が出てこない」という総括とは裏腹に、空に関する空想が長引き、「女作者」という作品のボリュームを増していくことは、なおさら、その魔法の効果であるかにも受け取れるのである。つまり、白粉を塗るように書かれているのは、作中の女作者の作物ではなく、田村俊子によって書かれている「女作者」というテクストの方なのである。

4　白粉を塗るように書くこと

「女作者」が、書くこと、あるいは書けない状態について書いたテクストであることは、すでに中村三春（一九九二）や光石亜由美（一九九六、一九九八）が指摘しているが、これをふまえて、書けないことと、輪郭の融解の関係について、さらに述べることが可能かもしれない。光石（一九九八）は、女作者が書けないことについて、単に書けないのではなく、夫が主張する自然主義的な執筆法、男性たちの「素朴な客観的リアリズムの方法」では女作者は書けない、という重要な指摘もしている。夫が女作者を侮辱するのは、「何だい。どれほどの物を今年になつて書いたんだ。（中略）そこいら中に書く事は転がつてゐらあ。生活の一角さへ書けばいゝんぢやないか、例へば隣りの家で兄弟喧嘩をして弟が家を横領して兄貴を入れないなんて事だつて直ぐ書ける」という理屈である。つまり、夫の書き方とは、現実の何かを模倣して紙上に写しだしてみせることであり、ストーリーが要約で語れるように、出来事の局面が時間の進行とともに推移する様子を書くことなのである。

女作者が追究したい書き方は、それとは異なっているため、彼女は夫を芸術家とは認めない。テクストとしての「女作者」に目を転じれば、確かに見てきたごとく、客観的な描写とはかけ離れた身体の融解が描かれている。それに同調するように、「女作者」は、時間の進行も、不明瞭であるといえる。冒頭からして、何日間かのことをまとめて語っているものの、いつもこうであるという一定さや、このようにして書けなくなってきたという不可逆性が読みとれないのは、見てきたとおりである。そこから抜け出す一回的な出来事と見られる夫への暴力も、二三日前に訪ねて来た友人の回想に置き換えられ、結末では、この無反応な夫を「相手にするのもつまらない」と思った女作者は、また書けない机の前に取り残される。この時、時雨が降っているが、それはかえってこの結末場面を、「風の吹きすさむ日も」、日差しの「眠つぽい日も」あると、何回も生起する日々が語られていたテクスト冒頭へと還流させる。このようにして、書けた結果より、書けないたゆたいの方が中心化されている。

女作者の書く行為に対しては、何らポジティヴな影響を与えない夫は、こうした時間の折畳まりを経由するときにのみ、別の意味を持って立ち現れてくる。女友達との対話を回想する中に、さらに埋め込まれている過去の初恋として、夫は次のように描かれる。

この女作者が今の男に対する温《あたゝか》みはその陰のなかゝら滲《し》みでゝくる一《ひ》と滴《しづく》の露からであつた。この一《ひ》と滴《しづく》はこの女作者が生を終へるまで絶えず〳〵滲み出るに違ひない、一人にならうとも、別れてしまはうとも、その一《ひ》と滴《しづく》の湿《うるほ》ひは男へ対する思ひ出となつて、然うして又その男にひかれて行く愛着のいとぐちになるに違ひない。——

滲みでるという、このテクストではポジティヴなイメージを夫がまとうことになるのは、「一人にならうとも、別れてしまはうとも」という状態においてである。これが男性への媚びや依存であるとは、もはや判断できない。何重もの過去、そこで先取りされた未来として、繰り返し濾過される「男」の面影は、「自分の亭主」ではなく、冒頭で空に対して「好きな人」の面影を空想するのにも似た、抽象であろう。女作者は依然として書けていないが、「女作者」は、時間をも融解し、そのテクストの上に広がる女作者の恋する身体を示し続ける。

このようにみれば、女作者がいつまでも書かないのは、男性的な客観的書き方の拒否なのだとはっきりする。もちろん、客観的な描写とは異なる書き方を実現しているのは、「女作者」というテクストの方であり、書いたのは女作者ではなく田村俊子である。この、女作者と俊子とのことさらな二重化は、〈書くことを拒否〉しながら〈書く〉という矛盾を、実現するのに効果を発揮する。一般的には、書いてしまえば、それは拒否とは受け取られない。二重化された作為性による躓《つまず》きが与えられなければ、女性主人公を書いた小説は、女性を写したものだと——つまり男性作家の作品が、事実そのままを書いたのだと受けとられるように——自然に受け取られてしまうだろう。

さて、彼女は、「遊女」なのか、「女作者」なのか。この点については黒澤亜里子(一九八五ａ)も詳しく論じている。遊女のとらえ方はいろいろあるだろうが、ひとまず、男性優位の権力と経済の機構に依存した存在であり、直接的な肉体を取引の材料にするものだととらえてみた時、「遊女」というタイトルの人目を引く効果が達成されたのちには、このテクストは必ず「女作者」と呼び変えられなければならなかったはずである。見てきたように、官能と言われるものの内実が、男性に依存していないという意味でも、直接的な身体ではなく、レトリックによって作り出される身体を問題にしていたという意味でも、「女作者」は遊女とは異なり、女性が書くことそれ自体をテーマ化していたからである。

もちろん、男性的な客観描写とは異なる、〈女ならでは〉の描き方が、差別を呼び込む差異を助長していると言うことは、どこまでも可能である。ただし、〈女らしい〉ことを描けば、必ず女性の劣位の固定化につながるという一般化もまたできない。性別の認識されない世界がただちに実現される可能性が低い限り、または、アイデンティティとして、女性であることを誇らしく思う限り、問題は、〈女らしさ〉の内容を、その時々においての規範的で窮屈なものから、いかに更新しえるかということである。男性／女性が優劣関係を持つ社会のなかで、何が〈女らしい〉とみられるかは、その時々に支配的である文化現象との関係で決まる。たとえば、感覚的ということについては、理性との対で、女の方が感覚的だ、という位置づけがなされるかもしれない。また、光石(一九九八)が、自然主義の後に、感覚を描くことが文壇の関心事となった経緯を詳述しているが、そうした場合には、男性の方が感覚を書くことがうまい、といわれるかもしれない。俊子の褒貶は、両者に足をかけて行われる。だから、これらに共通する普遍的な〈女らしさ〉を考えることは不可能だし、その状況ごとに、〈女らしさ〉の内実を検討し、改変していくしかない。この更新に終わりはないといえるが、「女作者」は、その歩みそのものをテクスト化し得たのである。

（小平）

8　悦との愛の書簡とその陥穽——大正教養主義にふれて

1　恋愛と作風の転回

あなたに感謝する。私のあなた、私の美しいあなた、神の与へて下すつたあなた！　あなた以外の何が私に必要であらう。そんな貪欲がかりそめにも私の心をかすめる時があつたら？　神よ用捨なく私に死を与へ給へ。（一九一八年六月二〇日）[1]

大正期は、個の尊重を背景に恋愛論がブームになり、実際の事件も数多く語り継がれている（菅野、二〇〇一）。たとえば島村抱月と松井須磨子の恋愛、日蔭茶屋事件、原阿佐緒と石原純の婚外恋愛、白蓮事件、有島武郎の情死と枚挙にいとまがないが、俊子と鈴木悦の恋愛は、その中でも熱烈なものといえる。

16ページで述べたとおり、互に結婚していながら恋に落ち、その絶頂期に別れて暮らすことになった二人は、本人たちにとってはどれほどか不幸であっただろうが、おかげでその間の手紙のやり取りが残り、われわれはその世紀の恋愛の経緯を読むことができる。俊子の書簡と、同封して悦に送った日記は、長谷川啓・黒澤亜里子『田村俊子作品集』に収録されている。青木生子・原田夏子・岩淵宏子（二〇一〇）に収録された悦から俊子への書簡と合わせ見ることで、[2]二人の愛を、文学的潮流との関係で考えたい[3]。

悦の手紙では、冒頭に引用したような甘い言葉や、「美しい人、愛しても愛しても足らぬ人！」のような賛辞が繰り返される。もちろん、俊子からも、「私を愛してくれた人！　又私の愛した人！　生涯の内で一番愛し、愛された人！」（一九一八年六月一七日（推定）日記）と呼びかけられる（前述した通り、俊子日記は、書簡と同封されて悦に送られたものである）。

それだけではない。俊子のさまざまな意見に対し、よりよい解決を二人で探るべく、粘り強く議論を続ける様子は、俊子を性的な対象と見るよりは、知的なパートナーとして認めていたことを示している。悦が、黒澤亜里子（二〇一〇）によって「フェミニスティックで格調高く（中略）その知的な近代性は大正期の日本の男性のなかで際立っていた」と評価されるゆえんである。

信頼できる悦の影響を受けて、俊子の作風は変わった。たとえば、バンクーバーに渡る直前の「破壊する前」（『大観』一九一八・九）では、主人公の道子は、年下の男性Ｒが「今まであなたの為て来た仕事の上には霊《たましい》がなかつた」、「あなたの様な神経と官能の生活は疲れるばかりだ」と言うのに導かれ、「ほんとにいゝ生活をしたい。こんな生活はいけない」、「自分の生活は間違つてゐたのだ」と自己を反省し、そうした生活しか形作れなかった夫とも離れようとする。作中のＲが、悦をモデルにしていることは、言うまでもない。

これまでの作品なら、たとえば「炮烙の刑」（『中央公論』一九一四・四）では、年下の青年に恋した女性主人公が、夫に向かって、「私は彼男の怒りが和らぐやうに、自分の為たことを彼男に詫びるやうな事は決してしない。それは厭だ。私の為たことは、私の為たことだ。私は決して其れを罪悪だとは思はない」と主張を貫き通した。「破壊する前」では、そうした作品がふまえられ、「「自分の生活は自分の生活だ。何をしたつて勝手です。」／斯う云う自我でFに対抗しつゞけて来た強さが、ふとしたRのこの視線に逢つて恥辱の反省の中に崩折れて了ふ」として否定されている。

「神経と官能の生活」から脱出した俊子は、どこに連れ出されたのか。女性の〈業〉なるものから解放された新天地であったろうか。バンクーバーに渡ってからの俊子の文章を、われわれは、それほど多く目にすることはできない。掲載紙の確認が困難だという物理的理由もあるが、彼女自身があまり書かなくなるからでもある。それは、慣れない生活ゆえの変化であるだけだろうか。

2　悦が媒介する大正教養主義

鈴木悦は、どのような考え方を持っていたのだろうか。早稲田大学出身のジャーナリストで、カナダで日本人移民のための日本語新聞『大陸日報』主筆となり、『労働週報』、『日刊民衆』を興した人物である。彼の真摯な理想主義者としてのありかたは、トルストイや阿部次郎への傾倒から窺うことができる。彼は、俊子との関係が恋愛になろうとする頃、トルストイの『全訳　戦争と平和』（目黒分店、一九一六年）の翻訳に打ち込んでいた。トルストイが日本の社会主義者に影響を与え、また武者小路実篤の新しき村や、有島武郎の農場解放につながったことは有名である。後で述べるように、すべてに共感していたわけではないとしても、悦が後年社会主義に傾倒し、カナダでの労働運動にかかわっていくことにも一脈通じるところはあるだろう。

もう一人、悦が私淑していたのが阿部次郎である。(4) 阿部次郎は、一九一四(大正三)年に発表した『三太郎の日記』がベストセラーになり、当時の思想界をリードした岩波書店の雑誌『思潮』の主幹となるなどの活躍をしていた。田村紀雄(一九九二)によれば、悦は「知人に「阿部次郎にすごく魅力を感じている」と語っており、阿部も、『三太郎の日記』か『結婚の幸福』を悦に送ったという。

『三太郎の日記』の主な部分は、自己の人格をより高めようと努力する過程の思索を、一人称で綴ったものである。文壇では、それまでの自然主義が、人間の諸種の欲望をあるがままに肯定するばかりで、自己を高めようとする理想的要求が欠如していたことが批判され、それに代わる新しい思潮として、阿部次郎などのいわゆる大正教養派や白樺派が、誠実なる「生活態度」と「人格」を重視する作家だと注目されていた。(5) これらの潮流は、大正期の文壇が、自らを明治の空気から切断するうねりであった。

悦の俊子宛書簡を見ると、その思考法は、阿部次郎『三太郎の日記』(6) と酷似していることがわかる。まず、『三太郎の日記』の特色を見てみると、そのキーワードは、個性、人格、反省、普遍に集約される。まず、「俺の衷に俺でなければ何人も入り得ない」「個性」が、生まれながらにあることを重視し(「人と天才と」)、外界ではなく自己の内部をみつめる「真正の内省」が繰り返し求められている(「個性、芸術、自然」)。真正の内省とは、とりもなおさず自己への反省・否定であり、「自己の否定は人生の肯定を意味する。(中略)何等かの意味に於いて自己の否定を意味せざる人生の肯定はあり得ない」

（「沈潜のこゝろ」）のように、否定は、それをも含んだ、より高次の肯定へ至るきっかけとして弁証法的にとらえられる[7]。弁証法には、行きつく終着点はないため、絶えざる「成長」が確保される。

ただし、「個性」は、「普遍」に無媒介的に直結している。「独創を誇るは多くの場合に於いて最も悪き意味に於ける無学者の一人よがりである」が、自分の思想を独特にすることは先人と共通する内容を排除することではないと述べており、プラトンやゲーテ、カント、ショーペンハウエル、ドストエフスキー、ロダンなど、全ての先人に学ぶべきとする（「三様の対立」）。これは、異なるどの道も一つのものに通じるとして、普遍性を考えている証拠である。「個性はその特殊の内面的傾向を最もよく実現する時に最もよく「人」である」（「個性、芸術、自然」）というように、個性を追求してゆくことと、〈人〉であるという普遍性は矛盾しないのである。

それでは、どのようにして独創が確保されるのか。自分が気づいた真理の内容は新しくないにしても、今、この真理を得たということが新しい事実だといい（「人と天才と」）、あるいは、そのように成長の途上にいる自分が、偉くもなく強くもないと自覚している点で、劣等な生活内容に自信を持っている他の人たちの無性格さから、秀でているという（「自己を語る」）。

先人と同じ思想を持つことでこそ個人の唯一性が保証され、しかも成長には終着点がなく、「成果たる事業の重視より追求の努力の誠実」が重視されるのだから（「人と天才と」）、この思考法の中では、人々の間に能力の優劣はつけられない。こうしたひたむきな努力の評価は、高みに登って行く弁証法のイメージとも相まって、神に近づいてゆく求道者の様相さえ呈するであろう。「基督は死んで蘇ることを教へた。仏陀は厭離によつて真如を見ることを教へた。ヘーゲルは純粋否定を精神の本質とした」

（「沈潜のこゝろ」）というように、神は哲学者と並べられる（もちろん、どの神も普遍的なものとして、汎神論的な様相を呈する）。

さて、悦と俊子の書簡の中には、これらと類似する思考を見ることができる。たとえば、俊子が「私は探究をつゞけて〳〵人生の秘奥に達したい。そうして其れを表現したい。詩の上に。」と書き、「真の仕事――真の生活――其れは外を探し廻つたつて得られはしないもの。自分の内にあるのだもの。エマーソンが何かでこれを云つてゐましたね。私は其れをいま思ひ出しました。旅が無意味であることを」（書簡一六　日付不明）(8)と記した手紙がある。

このころ俊子はエマーソンをよく読んでいるが、個性、人格を重視し、汎神論的な傾向を持つエマーソンも、悦の趣味であると考えられる。この手紙に対する悦の返信は、次のようなものである。

> 私の人、何うぞよく考へて下さい。旅をすることは、自分の「外」に何物かを求めて歩くことではない。私たちにあつては、自分の内なるものを、より明確に、より正しく、探し求め、且つ、それによき慈養《ママ》（自然からの）を与へ、悪しき煩雑を遠ざけることに外ならない。
>
> （一九一八年七月一一日）

内へ向かう目と、絶えざる努力を要求する点に、俊子が書いていた「探究」とあわせて、『三太郎の日記』と類似の姿勢が見られるであろう。そして、阿部次郎的な個性の重視は、二人にとっては、恋愛の重要な礎石であることも間違いない。

私はこの間勇壮論(エマーソン—小平注)を読んで、ほんとに心気勃々としたの。もつとも、何うかするとこの人の所謂偉人、又は大人物、又はすぐれた人の中に私と云ふものもはいつてゐます。

(俊子　一九一八年六月二二日日記)

そりや当然ですよ。(中略)ナポレオンでもプラトーでも、シエークスピヤでも、モンテーヌでもエマースンのあげてゐる偉人(中略)は、エマースン自身より偉くはない。エマースンの所謂偉人の内に自分を見出すと云ふ事は、ちつともその事の為めにあなたを偉くはしない。あなたはあなたでよい。私のそのあなたでよい。だからこそ古来の誰れよりも偉い。(中略)私は私であり、あなたの私であることによつて、豪いし又豪くなり得るのです。解つたの。ねえ?

(悦　一九一八年七月二二日書簡)

このやり取りは、俊子がエマースンと同等の振舞いをすることによって、俊子の唯一性が際立つという、『三太郎の日記』風の論理になっており、そして、それぞれのかけがえのなさが、愛そのものとして信じられている。しかし、個性を尊重し、豪くないことが豪い、と正確に阿部次郎をなぞるようでありながら、〈偉くない〉俊子を〈豪く〉するのが悦だけであることには注意したい。二人の世界の称揚は、愛の常であるようにみえるが、そろそろこれらのやりとりの問題点がみえてくる。実は、悦の手紙は、俊子に向かう姿勢が最も真摯な時ほど、もっとも作家としての俊子を損なっているといえる。

たとえば、先ほどの俊子の「探究をつゞけて〳〵人生の秘奥に達したい」という願いに対して悦は、

「此の探究とは何う云ふ意味ですか、レオナルド・ダ・ビンチの、あの探求ですか。トルストイのあの探求ですか。何方でも間違ってゐる」とし、特にトルストイの間違いを、愛を「探求し、説明した」点として、「あなたは愛してゐる。生れて初めての愛に生きてゐる。（中略）その愛を通してくるあなたのライフが、あなたの表現すべき唯一の、正しいものです」と述べている（一九一八年七月一一日書簡）。阿部次郎的な〈反省〉に基づいて、俊子を強く否定した上、愛を分析するのではなく、愛に生きることを求めている。こうした力強いリードは、行く道に迷っている時には心強いかもしれないが、もしも、これを額面通り受け取るなら、何かを書くことはできなくなるであろう。書く、とは、自分の考えを維持することであり、分析することだからである。

3　愛の拘束

このような悦のアドバイスは、愛の名による圧倒的な支配以外ではない。そもそも、悦の阿部次郎に対する尊敬は、思想の内容としてみれば誠実だが、個人的な嫉妬と重なっている。悦は、俊子に宛てた書簡の中で、たびたび嫉妬を書いており、俊子はある時、彼の疑惑を晴らすために、文学上の交際のある男性の名と、どういった交際であるのかを書き連ねて送った（一九一八年七月二一日日記）。徳田秋聲、正宗白鳥、小山内薫、岩野泡鳴といった人々が続くのであるが、悦による阿部への傾倒は、その際の返信に、「ずいぶん名前を書きたてましたね。そして阿部（次郎―小平注）さん一人をのぞく以外に、一人もろくな人はゐない」と言明されていたのである（一九一八年八月七日）。阿部への尊敬は、俊子の交友関係を自分の目の届く範囲に限定しようとする恋愛における暴力と重なっているといえよう。

そして、かつて日常に潜む「微弱な権力」(『文章世界』一九一二・九)を告発した俊子であるにもかかわらず、悦の拘束を受け入れてしまうのは、この価値の切り分けが、文壇全体を覆う、あるべき態度として、一定の説得力を持っていたからに他ならない。徳田秋聲以下の俊子の交友関係の大部分は、自然主義や官能文学と言われた作家であり、また、先ほど悦が、俊子に愛に生きるよう勧めていたのも、悦の個人的な欲望であるだけでなく、述べてきた大正期の潮流が、人格と人生に対する態度を重視し、そのために、いかに生きるかを優先し、書くためにする行為を排斥していたのと重なっているのである。[9]

「真の生」に生き度《た》い、「之れ生きたり」と痛感し得る「生」にあり度い、――之れだけの大きな高い、内的な欲望に終始してゐるやうでなくてはいけない。何かを作って自分の名を永久に生かせ度い、と云ふやうな考へは、本当は、卑しい低い考へである。(悦　一九一八年七月一五日書簡)

一方で悦は、俊子の筆が進まず、旅費が捻出できないことを非難しているが(一九一八年七月五日書簡)、俊子が書けないのも当然だといえよう。俊子はだんだん執筆から遠ざかるようになる。この頃俊子は、何も手につかず、飯倉の聖アンデレ教会に行き、「私もそこに跪いて合掌しましたら、涙がとめどもなく流れて来て、何うする事も出来ませんでした」(一九一八年六月三〇日日記)と神にもすがるような暮らしをしている。恋人不在の淋しさを何かで埋めようとしていたことは無論だが、これが、文壇の新しい動きが称揚した生活態度であったこともまた、いうまでもない。俊子の日記などを見ると、小説を書く意欲がまったく失せているわけでもないのだが、悦が俊子の創作を褒めるのは、「雑草に咲きし花。(中略)日に霑ひ／雨に打たれつゝ。／この小さき花は、／かくして美しく咲きし瞬間を／つゝましく全ふするなり」といった、内容においても、テキストの長さにおいても、〈主張しない〉詩なのである。[10]

これが、「あなたの初めての本当の芸術」(悦、一九一八年七月五日書簡)であるとすると、この頃の俊子の書くものから、以前のような、女性の官能といった話題や、〈女性ならではの芸術とは何か〉といった追究が消え去っているのも、不思議ではない。なぜなら、彼らの主張の中の生きること＝芸術は、〈人〉として生きることであり、〈女〉として生きることではないからである。

『三太郎の日記』は、個性は重視するが、それは即普遍でもあるゆえに、「個性型」というタイプは無意味だと述べていた(「個性、芸術、自然」)。敷衍していえば、女という〈少々変わった性質〉を個性と考える範囲では許容できるが、〈女〉というタイプを考えることは無意味だということになろう。冒頭に挙げた俊子の小説「破壊する前」では、俊子と岡田八千代が、歌舞伎役者の吉右衛門を争って買ったという世間の噂[11]にあえて触れ、吉右衛門への熱中が、芸術的な興味でしかなかった真意を説明している。また、〈女〉に成長する以前とでも言える子ども時代が多く語られ、結末も、夫であったFに対し、「骨肉に感じるやうな愛」を感じて終わるなど、〈男〉と〈女〉の愛憎であるという印象は、払拭されている。

とはいえ、繰り返すが、このように〈女〉を〈人〉として見ることは、いかに女性という区別や差別を無化するようにみえても、悦の場合、愛の拘束とイコールである。悦の一九一八(大正七)年六月一三日に書いた書簡には、自分のバンクーバーでの観劇にふれたついでに、芸術的鑑賞と、俳優に熱を上げる低級な愉しみ方の違いを戒めてあり、文脈は直接続かぬながら、直後に、岡田八千代のふしだらさを貶める発言がある。この生真面目な芸術観には、「破壊する前」との呼応がみてとれるが、悦にとって、演劇を芸術として〈まじめに〉見ることが、俊子の現実の役者への情緒や交際自体の禁止でもあることはいうまでもない。悦がフェミニストにみえるのは、俊子を、自己を高めようとする姿勢を持つ同志として承認し、自分と同等の〈人〉として扱ったからであるが、皮肉にも、その〈人〉という理想的概念によって、これが男性から女性への暴力であることは隠蔽されるのだと言えよう。俊子の女性としての戦いは、陰をひそめる。

ただし、悦は、俊子の〈改心〉ですらも満足できなかったようである。

> 今日は思索をします。書く事を考へ直すの。私は創作はいやで仕方がない。殊に私は過去なんか書き度くない。私は過去に慚悔すべきものを一とつも持たない。私が一層善良に一層美しく、一層真実に生きると云ふ事を獲得しただけです(現在に)。そうして其れはこの愛によつてだわ。そんな事創作にしたつて下らない。今の私はもつと高いものを望んでゐる、自分の芸術の上に——それを私は表現したい。豊富に。然し其のあとで、私は又書く時があるでせう。過去を。毒を含んだ無邪気な遊戯——其れが私の過去を飾つてゐる。其の外に私を汚したものは一とつもない。然う思ふと私はほんとに安らかに自分を神に委ねる事が出来る。
>
> (俊子　一九一八年六月二一日日記)

この日記は、殊勝にも悦のアドバイスにかなり寄り添ったようにみえるが、これに対してすら、悦は、その言い方にはまだ「危険」な「自己弁護」があるとし、また彼女が、「無邪気な遊戯」が過去を「飾つてゐる」と肯定的に表現したことを悔恨がないと厳しく糾弾している（一九一八年七月一九日書簡）。悦にとっては、すべての過去は徹底的に反省・否定すべきであり、「苟めにも飾るものなど一つも」ないはずなのである。悦にとって、俊子との恋が、「生死の一切が委ねられてある」「一生にたつた一度の恋愛」、「絶対」の恋であるのは、阿部の姿勢に酷似したこの徹底的な過去の否定によってでなければならない。

悦が心配するのは、「あなたは、此の恋が、あなたを「一層よくした」と云ふ、それなら他に又「専らにあなたを一層よくする」恋が生じることを予想させるやうに私は思ふ」からである。もし俊子の段階的な成長を許すのなら、成長の段階に見合うパートナーの男性たちは、より良いものに代えていかれるべきであり、自分も比較される一人にすぎなくなってしまう。悦の思考は、絶えざる成長を志したものではあるが、それだけに、現在の努力を相対化してしまうような、目標地点の未来までを見通したものではない。その弁証法は、すべて否定される過去（の男性たち）と、現在の恋の二項だけから成り、否定のあとに来る肯定は、否定よりも高次である。それだけが、許容される人間的成長なのである。俊子は、この〈愛〉に安住できたであろうか。

4　婦人という階級の発見へ

以上のような正義感は、悦の場合のように、そのまま全ての人の生き方の向上として、労働運動などに直結する場合もある。むろん、悦にしても、実際に目にする日本人移民の状況が、運動の現場へ導いたということもあるだろう。もし、人格の問題がそれだけで論じられるなら、俊子の場合のように、権力の格差が不問に付される場合もあるからである。

たとえば、大正教養主義が説くように、どの個性にも優劣がなく、そしてそれゆえに才能や行為の結果の比較が出来ず、努力する行為だけが重視されるなら、労働者も、あるいは主婦も職業婦人も女工も、タイプやグループではなく人格であり、それぞれの位置での努力を続ければよいだけとなってしまう。

俊子も、バンクーバーで『大陸日報』土曜婦人欄に執筆を始めた際、女性に対し、他の人が良い服をこしらえたり、よい地位にいることに対して張り合って見せる虚栄心を捨て、「外部に対して打勝たうと焦せる念を内部へ向けて自身の「克己心」に変へる」ことが真の誇りだと述べている(「真の誇り」『大陸日報』一九一九・八・二三)。これが、文句を言わずに努めよ、という修養に裏返るのは容易だといえる。人格の問題だけでなく、社会主義や労働運動といった別の考え方を経由し、個人と普遍の間に、特殊グループの存在を考えなければ、権利の獲得や格差を論じる回路は生じない。

後に、「私は大分、社会主義者の傾向を持ち初めてゐます。然し、アナーキズムでもなしコンミユニズムでもなし、何ズムかまだ分らない。」(一九二二年一〇月三一日湯浅芳子宛書簡)と書いた俊子が、社会主義に接近していった経緯の詳しいことはわからない。ただ、それすら悦の影響であったとしても、悦と同じ意味で社会主義にすんなり移行したわけではなかった。比較的早い時期に、女性を階級として扱う視点を持っているからである。

日本においても、この時期浮上してくる社会主義的傾向の中に、女性の作家や文筆家が登場するのはいうまでもない。しかし、そもそも婦人解放の主張が、『青鞜』に集った平塚らいてうなど、ブルジョア階級から始まったために、階級の問題が浮上するとき、労働者の半分は女性であるという認識は当然あっても、階級闘争が女性の解放に優先される傾向がある。俊子にあっては、これらとだいぶ異なっている。

「自己の権利」に対して眼を開いたものは弱者である。自分も同じ人間であると云ふ悲惨な個人的自覚は、常に他から圧迫され虐げられつゝ、生存する弱者の階級の中から起つたのである。この弱者の中に婦人の階級がある。

（「自己の権利」『大陸日報』一九一九・八・三〇）

この評論は、完結せずに終わっているようである。しかし、俊子にとって、階級とは、まず、女性のことである。それがブルジョア女性だけを指してはいないという点で、これ以前の考え方とは紛れない。俊子はやはり、〈愛〉に説得されていたわけではなく、次の行動に通じる手がかりを得たのかもしれない。

■注

（1）鈴木悦の書簡の日付は、執筆された日付を使用する。

（2）冒頭の引用を含め、俊子日記・書簡、悦の書簡の引用は、すべてこの二書による。

（3）本章には、小平（二〇一一、近刊a）と重複する部分がある。

（4）鈴木悦日記に、「阿部さん、――あの人は、交際をしたと云ふではないが、私の友愛してゐる極く少数の人の一人である。此の人たちの目にふれることを恥しく思はないだけの自分にならなくてはならない」とある(一九一八年一〇月二四日)。岩淵宏子(二〇一〇)に、彼等の接点についての指摘がある。

(5) 赤木桁平「『遊蕩文学』の撲滅」(『読売新聞』一九一六・八・六、同月八)、和辻哲郎「すでに転機至れり」(『時事新報』一九一七・三・一〇、同月一三〜一五)などが、自然主義や退廃的文学を批判した代表的評論。また、俊子がこうした大正期の文学情勢の変化をまともに受けたことは、山本芳明(二〇〇〇)が指摘している。

(6) 流布しているのは『合本　三太郎の日記』(岩波書店、一九一八年)であるが、悦がふれた時期と内容の異同を考慮し、初刊本『三太郎の日記』(東雲堂、一九一四年)を使用する。

(7) いわゆる大正教養派の思考の特徴については、中山昭彦(二〇〇〇)に指摘がある。

(8) 『田村俊子作品集』第三巻では、日付不明となっているが、悦の書簡から推して、六月一八日〜二五日の日記に同封されたものと考えられる。

(9) 和辻哲郎も、「放蕩息子の帰宅」(『新小説』一九一六・一〇)という小山内薫を批判した文章で、「製作するよりも「人」になるのが大事だ。もしお前が本来芸術家であるならば、たとへ「人」になる努力ばかりをしてゐても、結局否応なしにお前の仕事が芸術となつて現はれる」と述べている。

(10) 詩「雑草の花」は、一九一八年六月四日の俊子日記に見え、掲載は『新潮』(一九一八・七)。

(11) 田村松魚「歩んで来た道」『やまと新聞』の一九一八年五月五日、六日でも暴露されている。

(小平)

9　双子型ストーリーの謎をひらく
――「カリホルニア物語」を中心に

小説を新しい解釈や読解に向けて開いていくためには、その小説を作者によって書かれ、流通し、読者に読まれた当時の文脈に置き、小説と同時代の論理との相関について検証していくことが必要となる。

本章では、カナダから帰国したのちの俊子が描いた、日系二世の女性主人公について、当時の言説論理を参照項とすることによって詳しく検討してみたい。彼女たちは、一読したところ、典型的なステレオタイプを踏襲しているようにも見えるし、小説内で展開されるストーリーにはどこかで読んだことがあるような見慣れた定型が反映されているようにも読める。だが、同時代のメディアのなかで、日系二世や移民、移住といった事態がどのような文脈をつくりだしているのかを調べ、参照しながら読解してみることによって、小説テクストのなかには、物語の構造を食い破るようにして、物語の定型を異化する力が現れることになるだろう。

既視感のある定型的な物語でありながらも、見知らぬ風景が二重写しになってもいる、テクストのその両義性を測定するために、「カリホルニア物語」(『中央公論』一九三八・七)を中心に、俊子の小説と同時代の言説論理や小説とを比較しながら、主人公たちの生きた軌跡をたどってみよう。[1]

1　ナショナリズムとステレオタイプ

日系二世の女性を主人公とした「カリホルニア物語」や「小さき歩み」三部作(『改造』一九三六～三七)は、カナダやアメリカの白人社会に生きる彼女たちが抱える「白い人種ではない」という自意識、あるいは移民をめぐる差別という主題に、社会主義思想がかけあわされた点に特徴がある。さまざまな差別の構造を明るみに出しながら、悩み葛藤する主人公たちが、自分なりのやり方で差別の構造に立ち向かおうとするという物語構造が配置されているのである。

差別の要素として、「人種」のファクターが強調されていることは明らかなので、まずは、「人種」という記号を当時の文脈に戻して考えてみよう。これらの小説が書かれた一九三〇年代後半は、ナチスドイツの台頭や満州事変、北支事変(支那事変)といった出来事が連なった時代に相当しており、戦争という局面に向かおうとする日本の言論界にあっては、「日本人」の優越を唱えるナショナリズムが広く行き渡っていた。

ただし、当時の『中央公論』や『改造』の誌面をよくよく見渡してみると、ナショナリズムを声高に主張する傾きだけではなく、逆に、ナショナリズムの熱に対抗しようとする論理とがせめぎあっていることがわかる。つまり、「日本民族」や「日本人」を礼賛する日本主義的なナショナリズムと、その反対に、無産階級や植民地が搾取される状況を改善する方法を探ろうとするマルクス主義的な思考とが、対立しながら併存しているのである。

では、実際に誌面を構成する記事のなかで、ナショナリスティックな議論が渦巻いている状況はどのように論じられているのだろうか。

いはゆる「非常時」と共に「日本主義」とか「日本精神」とかが殆んど物凄くと言つた方がよい程一段と声高く叫ばれるやうになつたのは四年乃至五年程前からのことで誰でも知つて居ることである。それまではジヤーナリズムやアカデミズムでは「日本精神」とか「日本主義」とかは余り勢力や権威をもつて居なかつたのであるが、その頃から段々と「日本主義」や「日本精神」がジヤーナリズムやアカデミズムへもしみこんで行つた。ジヤーナリズムやアカデミズムが独立的なものでなく、又操を固く守るものでもないことがここからもわかる。

今更言ふまでもなくジヤーナリズムはもともと商品生産を本質として居るものである。未だいはゆる「非常時」にならないうちの数年間は「左翼もの」がジヤーナリズムで割合に優遇されて居て、「近頃の論壇はマルクス主義者によって独占されて居る」といつたやうな、嫉妬と愚痴と悲鳴とを一緒にしたやうな叫びがカトリック的法学教授の口からだつてあげられた程であつた。けれどもそれは何もジヤーナリズムが「左翼思想」に共鳴して居たからではなくて、また当時は「大衆」の中にそれに対する要求があつて売れる見込みがあつたからに過ぎない。資本家階級に取つて有害なるもの必ずしも個々の資本家によつても排斥されるとは限らない。だからこそ又「左翼もの」がたとひかつて程ではないにしても、現在でも尚相当程度にジヤーナリズムに受け容れられて居るのである。

（船山信一「現在に於ける日本主義理論の特質」（『改造』一九三五・四）

「日本」を合い言葉にしたナショナリズムが「誰でも」が前提として共有する時代状況であることを告げるこのテクストにおいて、「ジャーナリズムやアカデミズムが独立的なものでなく、又操を固く守るものでもない」というフレーズは、時代の論理がジャンルを超えて浸透する力の背後に、商業主義があることを示唆している。その上で、船山は「マルクス主義」すなわち「左翼もの」と、「日本主義」「日本精神」に象徴されるナショナリズムとが、二つの方向性を示した言説商品として配置されていることを指摘し、両者が併存する言説構図を整理しているのである。つまり、「大衆」が「要求」し、「勢力や権威」をもつことになった価値ある商品とみなされるからこそ「日本主義」と「マルクス主義」は両者ともに、存在感ある位置を占めていたというわけだ。こうした構図は、一九三〇年代後半にかけて維持されていくが、「かくも無惨なマルクス主義の凋落」(河合栄治郎「教育者に寄するの言」『改造』一九三七・一)[2]といったフレーズに象徴されるように、言論界では、階級主義を批判し、社会的平等を実現しようとするマルクス主義的な方向性は影をひそめ、次第に「日本主義」が時代の雰囲気を代表していく様相が見て取れる。

さて、この「日本精神」は、あらゆる場面に頻出しているが、抽象的な「日本」に具体的な手触りを加えるのが、「人種」や「民族」というファクターなのである。

近年における日本精神の討究、開明、其の発揚、宣伝まことに心地よい限りである。学者、研究者の努力、精進に満幅の敬意と感謝を捧げる。その日本精神が唯に古のもの昔のであつてはなるまい。不幸にして左様であつたならば再び今に甦らせねばならぬ。民族の根本は言語でなく、体質でなく、慣習でなく、その血液である。民族の血液に日本精神が流れて居らねばならぬ。血液に流れて居れば、その行動に顕現せねばならぬ。（小泉丹「民族と性道徳」『中央公論』一九三五・三）

「優生学」「民族衛生学」の観点から、優れた「日本民族」のなかの「劣等成員」を減少させなければならない、といった、現在の視点からすると相当に差別的な主張がなされたこの評論において、流行する抽象語としての「日本精神」は、「民族の血液」によって具体性が与えられ、身体的イメージによってとらえられることになる。血液の比喩は、血液が身体を流れていくのが自然であるように、「民族」のなかに「日本精神」が流れているのは自然の道理である、といった本質主義的な連想を喚起させるだろう。

「人種」や「民族」の記号を散りばめ、ナショナリズムが熱っぽく語られる文脈のなかでは、「日本民族」「日本精神」に対立するファクターとして「白人」が批判される構図も見て取れる。杉森孝二郎は、「白人帝国主義の理不尽なる支配主義に対する正しき怒り」を必然的なものだといい、「日本民族の将来の発達を条件」として、「理不尽なる白人優越主義」が転向すると発言する（「日本民族に対する認識条件の不備」『改造』一九三六・一）。加えて、「白人帝国主義」からの脅威を封印し、逆に「日本人」の優越性を誇張しようとする主張も存在している。

こんな一般的の話でなく、一々の具体的の点に就て考へて見ても、先づ日本人には眼の色の濃淡は淡い茶眼から黒に近い褐迄あるが、其変化の範囲は西洋人よりも確に狭い。殊に碧眼の人は日本人には先づ無いだらう。眼の色の遺伝は人類のメンデル式遺伝の中で最も早く知られた例の一で此頃では初め考へられたのより大分複雑な点があると思はれるやうになつたが、大体はやはり此式の遺伝である事は間違ない。つまり日本人の中に劣性の単色或は無色因子がないのだ。［…］白人の色の薄いのは、云はゞ白児に近い畸形の状態が民族的の特徴となつた者と見てよい。

（駒井卓「遺伝学から見た日本人」『改造』一九三五・一）

日本人の人種的優越を誇張交じりに表象するこの記事のなかには、「白人」の「色の薄さ」を優越性ではなく、「畸形」という否定的かつ差別的なイメージにおいて語ることによって、白人中心主義的な世界の構図を批判し、白人と有色人種の序列を覆そうとする言説的な戦略が認められるのだが、それ以上に、「日本人」以外の存在に対するあらわな攻撃的姿勢が確認できるといえるだろう。

もともと、近代のナショナリズムのステレオタイプは、オリエンタリズムによって下支えされている。西洋が東洋（オリエント）を、他者として排除し、下位区分化する差別の様式がその基本をなしているのだが、日本の場合には、西洋に近い存在として自己を表象するための、日本型オリエンタリズムが論理として機能していた。[3]「日本主義」を掲げた言説は、そうした日本型オリエンタリズムを下敷きとしつつ、内側にむかって「劣等」の印をつけたマイノリティを排除するべく作動すると同時に、排外的な論理としても機能し、「白人帝国主義」を攻撃的なレトリックをつうじて批判するのである。

だが、他方では、主流言説に対する反論が、伏字に囲繞されながらも対抗的なコードを編成し続けている。国家としての日本が、資本主義諸国の方法論をとって搾取を継続しているありようが批判されている。たとえば、マルクス主義経済学者の向坂逸郎は、次のように語る。

××が人口問題を解決する筈ださうだが、移民は………××だけだ。
実際に、満州や支那にどし〳〵行つたのは何かといふと、資本と商品である。従つて、資本と商品の所有者の手には利得が流れて来た。植民地や半植民地が必要なのは、資本のために利潤や原料や市場や廉価な労働力等が確保されるからである。赤手空拳で満州や支那に行つても、内地と同じく貧乏する以外に方法はない。奪つたり奪れたりは………である。相手を倒すか自分が倒れるかといふ競争によつてのみ存立し得る各国の資本の競争が、植民地を必要とし、国際間の対立と××の危険を作り出すのである。

（向坂逸郎「民族主義の現代的意義」（『改造』一九三六・一））

伏字混ざりではあっても、論旨は明快だろう。日本が「植民地や半植民地」としての「満州や支那」を必要としているのは、あくまでも「資本」のためであって、民衆のためではない。「移民」として満州や支那に移動しても、「内地と同じく貧乏する」ことになるばかりだ。こうした文脈において、「移民」問題とは、階級問題でもあることが意識されており、資本主義が帝国主義の論理と結びつき、植民地や労働階級が搾取される構図が、批判の対象としてはっきり示されている。

あるいは、木下半治「最近米国の黒人運動」（『改造』一九三五・九）では、アメリカの労働運動において、「無産階級解放」が白人の問題に限定されてきたことを批判しつつ、「白人労働者は黒人労働者が奴隷化されてゐる限りは決して自己を解放し得ない」というマルクスのテーゼへの言及があり、階級闘争と人種闘争を結びつける議論が企てられている。つまり、ナショナリズムや人種主義によって不可視にされてしまう、労働者階級への抑圧や差別の力学を、マルクス主義的な論理によって可視化しようとする言説が多数存在しているのである。

　こののち、平林たい子が「ファシズムのバンドがいよ〳〵強く胸を締めつけるやうになつて来た」（『女性時評』『改造』一九三七・一）と述べたり、戸坂潤が「日本ファッシズムの結局の発展」を背景に「いつしか非常時の声は準戦時体制の声となりやがて全くの戦時体制となつた」と整理するように、ナショナリズムを下敷きにした日本の「ファッシヨ化」が恐ろしいほどの速度で進行していくわけだが、それと同時に「無産政党の大進出」がみられもしたのだった（「一九三七年を送る日本」『改造』一九三七・一二）[4]。つまり、マルクス主義が「凋落」し、ナショナリズムが主旋律を奏でていくことになった時期にも、はっきりと両者が拮抗する構図が引き継がれていくのである。

　このような当時の文脈に戻して俊子の小説テクストを眺めてみれば、民族や人種をめぐる話題を通じて、ナショナリスティックな中心点を社会主義的正しさの側に移動させようとする言説と近しい場所にあるといえるだろう。「小さき歩み」三部作のなかで示されるのは、主人公ジュンが、社会主義理論に精通した思想家である白人男性とのかかわりを通して、運動が示す理想的な正義に近づいていくという物語である。資本主義社会がもたらす人種、宗教、民族をめぐる差別は批判され、ジュンは、資本主義や帝国主義が作り出す差別の構造が、階級と人種差別を複合させる力学を伴っていることを知る。だからこそジュンは、差別を本質化し、自然なものとみせかけるような「血」の論理や、人種や民族、階級を血の比喩でとらえる構図を疑わしいと考えるだろう。[5]

登場人物の語る労働運動の論理、白人に圧迫される側から発せられた人種差別への批判は、マルクス主義的論者の主張と似通い、通じ合っているといえよう。そのため、公式的な正義を物語が後追いしているようにもみえ、その意味では、予想可能で予定調和の物語展開が、独創性に欠け平板だという印象を読者に与えかねないともいえそうだ。

こうした印象は、移民をめぐる問題構成に関しても同様である。世界各地で日本人移民がおかれている状況は「移民の受難期」といった言葉で語られるが(柏峰太郎「岐路に立つ我がブラジル移民」『改造』一九三六・九)、自身もハワイ移民二世である作家、中島直人による「第二世留学生の悩み」(『改造』一九三六・八)では、二世留学者たちの内実が問題化されている。[6] 日系米国市民の現状を取り上げたこの記事は、二世たちが日本に留学しても十分な環境がないこと、日本内地の男女とは結婚しにくいという立場、一世たちとの差異などを叙述するのだが、中島は、こうした二世と、「教育の洗礼も受けずに出稼いだ」第一世代とを対比し、記憶の中にある「見すぼらしい如何にも昔の移民を思はせる」老人の姿を、第一世代の苦難を象徴するものとして書き留めている。

俊子の小説においても、移民に対する排撃運動の論理はみえやすい形で物語の背景を作り出しており、[7] 主人公たちはそれぞれ、白人中心主義的世界観に抵抗する根拠を探し当てようとする。移民問題が単に人種の差異の問題に還元されるものではなく、階級の問題であることを二世たちは知っている。二世の世代が抱く人種の意識が、親である一世たちとは差異をもっていることが強調され、つねに移民社会のなかに横たわる一世と二世の対立や葛藤が問題化されているのである。

たとえば、「カリホルニア物語」では、自らの能力と才能でアメリカ社会において成功を勝ち取ろうとする主人公ルイと、ルイを日本に留学させて安定した結婚をさせようとする母との間には認識の相違がある。また、「小さき歩み」三部作では、「外国移民に対する侮蔑を外から感じた二世は、自分の親達を侮蔑するやうになる。悲劇がこゝから生れる。」という言葉が象徴的フレーズとして設定され、二世が侮蔑の感情によって親の世代との間に距離をもつことが問題化されるのだ。

ナショナリズムに裏打ちされた論理に対する対抗的言説と歩調を合わせる佐藤俊子の小説は、その設定や構造において、当時のマルクス主義的な正義と響き合ったステレオタイプを小説にのせて描いているようにもみえる。

2　移動の物語をジェンダー化する

ところが、俊子のテクストと移民を主題とした論理や物語を比較してみると、移動とジェンダーという観点において、物語のステレオタイプからの明らかな距離が見受けられる。まず第一に、移民二世である女性の移動が物語の主旋律を描いている点で、定型を逸脱している点が挙げられよう。水田宗子は、一九世紀以降の教養小説のなかで、男性主人公の「放浪」は成長や自己形成を促す大きな要素であったのに対し、女性の放浪には「性の放浪、放縦」という否定的なイメージが伴われていたが、林芙美子「放浪記」(一九三〇)ははじめてそれを変転させることに成功したと指摘する(水田、一九九五)。[8]実際、内地から外に向かって移動し、放浪する男性たちの成長や冒険を発見するのはたやすく、同じように、移動によって女性が性的に堕落してしまうという典型的な話形を確認するのも難しくない。[9]その意味で、とくに二世の女性の経済的自立をテーマとした「カリホルニア物語」は、「放浪記」と同様に、移動の物語に反転的な運動を介入させたテクストだといえるだろう。

この「カリホルニア物語」における移動とジェンダーの相関を明確にするため、象徴的な一例として、石川達三「あめりか」(『改造』一九三六・八)を参照して比較検討してみたい。石川達三は、この作品を発表する前年の一九三五年、ブラジルに渡航するために集まった移民たちが船に乗るまでの八日間を描いた「蒼氓」で第一回芥川賞を受賞しているが、[10]「一団の無智な移住民を描いてしかもそこに時代の影響を見せ、手法も堅実で、相当に力作であると思ふ」(菊池寛「話の屑籠」『文藝春秋』一九三五・九)と評価を受けたその男性作家が短篇「あめりか」に描くのは、移動をめぐるジェンダー構図のステレオタイプにほかならないからである。

さて、この「あめりか」は、日本に留学中のアメリカ日系二世の青年を中心に、この青年に恋情を抱いた二人の看護婦の心情を物語化したテクストである。二人の看護婦青木のぶと笠井ふき子は、入院患者であった青年・杉山に心を寄せる。あらかじめ、二世が日本人女性とは結婚できないという法律上の制約を告げられているものの、それぞれ思いを募らせている。

青年・杉山は、離婚経験もある年上ののぶの「ひそやかなためらひ勝ち」の愛情より、「処女の羞恥」に裏打ちされたふき子の「率直な大胆さ」を好もしく思う。ふき子はたとえ数ヶ月間の幸せでも構わないと、アメリカに戻る予定の杉山となかば強引に同居し、恋に破れたのぶは、ひそかに一人でアメリカへ行く決意をする。のぶの想定するアメリカ行きは、現在の閉塞を破るための選択肢として思い描かれるが、女が一人でアメリカに行くことは杉山によって「娼婦に墜ちる事」に等しいという意味づけを被るのだった。物語の時間が進行するのにつれて、のぶは次第に、「淋しい一万五千人の日本人達にせめて一夜の慰安でも与へる事」は「女として」なし得る「崇高な仕事」であり、「卑しい」というよりは「どこの奥さん達よりも立派」だと考えるようになり、彼女の意識は堕落の物語の方へ引き寄せられていく。

すなわち、ふき子と杉山の恋愛に対抗するように、のぶは「日本移民」のために「娼婦に墜ちる」ことは「一生の仕事として無上のもの、神も国家も共に許して呉れる崇高な仕事」という認識と決意を固めていく。「国策の犠牲」として「自ら求めて愛国の売笑婦」になるのだ、というこの決意を、ふき子は冷淡な気持ちで眺め、また杉山は「絶対に賛成出来ません」「大変な間違ひだと僕は思ふんです」と否定し、「日本の為の何の忠義にもならない」「卑しい事」と、思いとどまるよう語る。

ところが、のぶの決心は彼女自身に「幸福」「勝ち誇った気持」をもたらし、彼女を「快活な開けっ放しな女」へと変容させる。そしてふき子もまた、「モダン」な女となってアメリカに行こうとする女の態度に影響されずにはいられない。ふき子は「不思議な佗しさ」「焦立たしい気持」を強め、「青木ののぶの将来に輝く様な魅力を感じ始めた。自分こそは不幸を求めて了つたもの丶様に思はれた」。杉山はのぶのふるまいに狂気の徴候を読み取り、語りもまた彼の認識に同調するが、テクストはふき子の「泣きたい様な気持」を告げて閉じる。

女性の移動を問題化する短篇「あめりか」は、移民をめぐる現状を女たちの「間違ひ」含みの堕落によって表象し、物語的な彩りを上演する。この定型的な物語からは、女性の移動がつねに性的な意味づけを受けること、移動する意思に恋愛というファクターが重ねられること[11]、移動によって階級的な下落が印象づけられることとが明瞭に読み取られるだろう。

しかしながら俊子が「カリホルニア物語」に設定した二人の女性主人公は、そうした物語イメージを覆すための軌跡をそれぞれ現象させる。芸術の才能と幸運に恵まれた日系二世のルイは、「好い配偶者を貰つて、老年の父親や、働くことばかりに疲労した母の身体や精神を休めてくれるのがあなたの義務だ」といい、娘に「日本のお嫁さん」として安定した結婚を望む母に対し、反抗する。「結婚以外に、人生を最も美しく生きる道を理解したルイは、この終局へ行き着くまでは結婚をしたくなかつた」。彼女は母の意志を拒み、芸術家としての成功をつかみとろうとするのだ[12]。

ルイは日本に留学し、自分の意思でアメリカに戻る。仕事を得るためにニューヨークへ行き、さらなる成功を目指してメキシコに行く。「まるで上から下まで一本のきつい線に沿つて、女の身体の柔軟さや婀々しさを削ぎ取つたと云ふやうな格好」と描写されもするルイは、自立する女の意志を強調されたかのような記号だ。自らの能力によって経済的に自立する女性像を体現するルイの移動には、学びや成長が伴われ、恋愛や性的な意味は一切関わらない。

一方、ルイの幼なじみで、姉妹のように育ったナナは、「父の圧迫」に呪縛されて自分の意思を貫くことの叶わない、受動的な性質を与えられている。ナナには「恋を語り合ふ青年」がいたが、父の反対にあい、恋を諦める。恋人は日本に就職することが決まり、彼女は幾度か、父の禁止を振り切り恋人を追って日本に行こうとするのだが、「父の圧迫の羽掻の下に小鳩のやうに生きて来たナナには、想ひ切つて飛上る意志が」もてず、「其れを断行する時になると、ナナはルイの介添の手を振りほどいて後退りした」。

重要なのは、ナナがルイとは別の意味で、女のステレオタイプの移動からは隔てられているという点である。すなわちナナは、恋愛と結託した移動、性的なイメージを付与された移動を選択することのできない女性主人公なのだ。

一見したところ、対極的な二人のヒロインを配した定型的な双子型ストーリーであり、シンプルな二項対立に司られた物語構図をもったかにみえるこの小説に、移動とジェンダーというテーマを掛け合わせると、定型を崩す力学が鮮明なまでに可視化されることを読み落としてはなるまい。ルイは女性ジェンダー化されたのとは異なる移動の軌跡を現象させ、ナナは女性ジェンダー化された移動の物語を生きることを避けている。ルイもナナも、それぞれ異なる方向に向けて、女の移動の物語を書き換えているのだ。

3　遺書の謎とその行方

ルイの職業的成功が進むのにつれて、ナナの人生は不幸にまみれていく。親の借金のため「日本の古い封建主義」の犠牲となって、望まない結婚をすることになり、婚家では理不尽に虐待される。思いあまってルイのもとを訪れたナナはいう。

涙の間からルイを見詰めたナナの眼から鋭い光が走つた。苦しさに反抗する狂はしさを交ぜた異様な光なのである。

「ルイ。あなたは猛獣が檻の中に入れられて、鞭で威嚇されながら柔順になるやうに訓練される話は知つてゐるでせう。けれど、小猫のやうな柔順な動物が檻の中で威嚇されたり叩かれたりして、もつと柔順になるやうに訓練される――そんな話は聞いたことはないでせう。どんなに柔順にしても、あの人たちには足りないのです。[…] 私には何を悪いことをしたのか分らない。だのに私は毎日々々懲罰をされてゐる。目に見えない懲罰を。其れが何うしてなのだか自分にはちつとも分らない。」

従順に従っても、与え続けられる懲罰。その理不尽さに、ナナの眼には「異様な光」が混じり、彼女の涙はあるメッセージを含み持つ。実際のところ、彼女は父からの結婚をめぐる諸々の指示が「美しい道徳か何うか解らない」のだが、父のために犠牲になることは、「何か正しさを示す厳かなもの」に通じているように感じ、「正義とは然う云ふ観念のことを指すのかも知れない」と考えたのだった。

だが、そんな状況にありつつも逃げ出さないナナのことを、ルイは根本的には理解できない。また逆に、小説のなかでは、反復される「負けてはいけない」というルイの言葉が、ナナにどのように伝わったのか、直接語られない。

ナナの不幸は加速する。懐妊したことが判明すると、姑が「結婚前の子ではないか」と、かつての恋人との性的関係を疑い、誹謗する噂が流れ出す。アメリカ人の医師は結婚後に妊娠したと診断し、またナナ自身の視点から「自分の肉体に触れた男性は自分と結婚した其の人一人であつた」ことが示されるが、姑の疑惑が消えることはない。ナナは「自分をクリアリイにしたい望み」だけを強く心に抱く。

ルイは、ナナが「間違つた方へ導かれた」が、出産して「間違つた生活の結晶」を残せば償いが済み、「ナナは元に引返すことが出来る」と考え、「ライフは広くつて、大きい」のだから心配する必要はない、と語りかける。そして「自分の力で自分の生活へ踏み出すことが出来るやうに」なるための場として、二人で生活する空間を呈示する。しかしナナは、「何所にルイの云ふやうな広いライフがあるのだらうか」「自分は何所へ引つ返すのだらうか」と自問し、ルイの提案を受け容れることはできない。「ナナには帰るところがない」「ナナは自分を無くしてしまひたい。自分を消して了ひたいのです」という言葉を残し、別の途を選ぶのだった。

ナナがオリーブの樹の下で自殺した記事を、ルイはメキシコの旅の途中で、英字新聞で見た。この美しい日本人娘が服毒して自殺してゐたのを発見したのは通行人の白人であつた。娘は遺書を持つてゐた。小さい紙切れに鉛筆で書いたもので、「自分は女のモーラルを守つて死ぬ。」と云ふ短い英文であつた。この言葉は謎のやうで、日本人たちにも分らないのである。斯う云ふ記事が加へてあつた。

ストーリーの次元で解釈するならば、ナナの自殺の原因に「謎」などないといいうるだろう。おそらく、小説の読者は、ナナが婚家での救いのない状況にあって、「女のモーラル」が疑われることへの絶望的な意義表明として自殺を選んだのだ、と解釈することで、大きな疑問はもたずに物語を閉じることができるはずだ。

だが、テクストが言葉をめぐる「謎のやう」な余地それ自体を「加へ」ていることにこそ、着意するべきだろう。物語と遺書をめぐる表象をかけあわせて読解するならば、ここには二つの理解不能性がせめぎあっているといえる。「女のモーラル」は「日本的封建主義」に引き寄せられたものであり、「白人」にその意味はわからない。また、英文で書かれた短文は、英語を解さない「日本人」には読めないかもしれない。ナナの遺書は、二重に理解から隔てられたことになる。さらに、もう一歩踏み込んで考えれば、二つの文化の間でナナが決断した「女のモーラルを守る」こと、「自分をクリアリイにする」ことは、ナナに最も近いはずのルイにも理解不能な言葉だったということになる。

そして移動をめぐる物語のコードを補助線として引いて考えてみるなら、「引つ返す」場所のあることを否定し、「分らない」「謎のやう」な遺書としてテクスト末尾に留まるナナの「この言葉」は、移動を選ばないことを行為として示した、彼女の表象上のメッセージとして読み取りうるだろう。ナナが感じ取った「正義」という「観念」は、目には見えない懲罰と、実父を含め懲罰に荷担する家族たちを批判するだけではなく、あるはずのないナナの場所を自分の論理によって仮構したルイの言葉にさえ対立し、彼女の意思を表象する強度をもつ。

「この言葉」は、定型的な思考に従わせてしまえばたやすく理解できるかのように漂う。繊細に読解しなければそれが「謎」であるようには受け取られない。それでも、二つの言語の境界を行き来する「この言葉」は、小説テクストに含まれる複数の層と響き合い、読者の解釈を幾通りにも吸引しようとし続けているのだ。

■注

(1) 本章の内容は、内藤千珠子「目に見えない懲罰のように——一九三六年、佐藤俊子と移動する女たち」(紅野謙介・高榮蘭・鄭根埴・韓基亨・李恵鈴編『検閲の帝国——文化の統制と再生産』新曜社、二〇一四)の一部を元にしている。

(2) 中谷いずみは、一九三七年にベストセラーとなった島木健作「生活の探求」について、「進むべき道を見失っている」青年たちの設定を条件づけるのが、左翼運動の力が失われた「その後」にある同時代の言説状況であり、「生活の探求」が「マルクス主義思想に一切言及することなく、それが隆盛した時代を本来的ではない時間として排除することに成功した」テクストだという興味深い指摘をしている(中谷、二〇一三)。

(3) エドワード・サイード『オリエンタリズム』(一九七八)、あるいは姜尚中(一九九四)などを参照。

(4) 一九三七年の総選挙で、「無産政党」である社会大衆党は反ファシズムへの期待とみられる票を集めて三六議席を獲得、「大躍進」したが、社会大衆党にはファシズムに連帯する論理が内在しており、のちに全体主義に寄り添っていく。

(5) 俊子のテクストは、人間を境界線によって隔てる構造が、幾重にも絡まり合っていることを描き出す。たとえば、日系移民社会の内部に閉じこもり、自分だけは下等な移民社会にあって「品位」をもっていると認識し続けるジュンの母は、熱烈なクリスチャンである。彼女は自分の農場に来ている「×××の人間」、すなわち被差別部落出身と思しき男性を「別な階級の人たち」「人間の交りの出来ない階級の人たち」と呼び、食器を厳重に区別しようとする。その母は、「教会に行く人」は「自分たちだけは白人のやうな気持」になっているという姪の言葉によって批判され、「一世には人種的自覚がない。自分たちだけ優秀だと思つてゐる」と、二世との切断線が強調されている。また、カナダに不法滞在する日系人を、犯罪者として区分し差異化を図ろうとする視線、あるいは白人と日系人の間に生まれた「混血児」を中傷する言葉、売買春する日系女性を「淫売」と侮蔑する行為など、人間を区別によって階層化しようとする境界線の暴力と、それを批評する意識とが繊細に配置されているのが読まれよう。

(6) 移民二世作家としての中島直人の足跡や、ハワイと日本のあいだを生きた彼の「二重意識」については、日比嘉高(二〇一四、二六三〜二八七頁)を参照。

(7) 移民のトピックについていえば、一九三六年に「満州開拓移民推進計画」が決議され、三七年からは国策として満州への移民が本格化するなかで満州移民は特別化され、移民イメージは分節されることとなる。

(8) たとえば、大鹿卓「野蛮人」(『中央公論』一九三五・二)では男性が台湾に移動し、大きな変貌を遂げる。頴田島《えたじま》一二郎《いちじろう》「待避駅」(『中央公論』一九三五・一)では「淫売屋」を営む叔母について大陸に渡った主人公が、堕落する女たちを観察することを通じて成長する。あるいは、朝鮮半島へ移り住んだ二人の男を主人公として対比した、湯浅克衛「移民」(『改造』一九三六・七)など。

(9) 前注「待避駅」には男性と女性との間の対比がくっきり現れており、同じ頴田島一二郎による「国境樵歌」(『中央公論』一九三五・八)もシベリアに渡る娼婦が描かれる。

(10) 一九三三年『改造』において選外佳作となり、三五年四月に同人雑誌『星座』に発表された。さらに第二部「南海航路」、第三部「声なき民」が書き継がれ、三部作として完成した。

(11) そうした点からすれば、かつてカナダに移動した折の俊子自身の行動もまた、恋人を追いかけて移動する女、という解釈枠組みに連なったものともいえる。「カリホルニア物語」は、まさにそのイメージを引用しつつ更新する力学を備えている。

(12) ルイの絵は、浮世絵の影響をもち、「エキゾチック」で「東洋的」と賞賛される。彼女はまた、「日本の国土への愛情と憧憬」をストレートに語る。こうした文脈において、芸術家として成功するルイの背景には、ナショナリズムやオリエンタリズムの定型的論理が無防備に引用されているのもたしかである。ソコルスキー(二〇〇三)を参照のこと。

(内藤)

一八八四(明治一七)年　一歳

四月二五日、浅草区蔵前の米穀商佐藤家に、父了賢、母きぬの長女として生れる。小学校は転居のため転々とした。

一八九六(明治二九)年　一三歳

四月、お茶の水の女子高等師範附属女学校に入学。一学期で退学し、東京府高等女学校(後の府立第一高等女学校)に転学。この頃、浅草三筋町に母と妹と住んでいた。

一九〇〇(明治三三)年　一七歳

三月、東京府高等女学校卒業。

一九〇一(明治三四)年　一八歳

四月、日本女子大学国文科に入学するも、心臓病を得て、一学期で退学。

一九〇二(明治三五)年　一九歳

四月、幸田露伴に弟子入り。田村松魚と知り合う。八月、妹茂子病没。

一九〇三(明治三六)年　二〇歳

二月、「露分衣」を『文芸倶楽部』に発表。一一月「小萩はら」を『女学世界』に発表。

一九〇六(明治三九)年　二三歳

前年春から、浅草区高原町十八番地の萬年山東陽寺の離れに母親と住んでいたが、二月、住職との仲を疑われ、寺を出る。七月、「葛の下風」を『新小説』に発表。

一九〇七(明治四〇)年　二四歳

一月、「貴公子」を『万朝報』に発表。八月、毎日文士劇が、横浜の羽衣座で上演した高安月郊作「吉田寅次郎」で、初舞台を踏む。市川粂八に踊りを習い、共に舞台にも出演する。一一月、「その暁」を『新小説』に、一一月二六日、「袖頭巾」を『東京毎日新聞』に発表(翌年三月一八日まで)。

一九〇八(明治四一)年　二五歳

四月、毎日文士劇第五回演劇会に出演。川上貞奴が九月に設立した女優養成所にも入所。一二月、毎日文士劇第六回演劇会では、東京座で山崎紫紅「その夜の石田」に出演する。

一九〇九(明治四二)年　二六歳

四月、「老」を『文芸倶楽部』に発表。五月、田村松魚がアメリカより帰国し、結婚。下谷区谷中天王寺一七番地で新生活を始める。

一九一〇(明治四三)年　二七歳

夏ごろ、松魚に強制され、『大阪朝日新聞』の懸賞小説に「あきらめ」を町田とし子の名で応募。一〇月、本郷座において、中村吉蔵の新社会劇団「波」に出演。一一月一日、「あきらめ」の二等当選が発表される。一二月、「やきもち」を『文芸倶楽部』に発表。

一九一一(明治四四)年　二八歳

一月一日〜同年三月二一日、「あきらめ」が『大阪朝日新聞』に掲載される。二月「静岡の友」が『新小説』に、九月、「生血」が『青鞜』創刊号に掲載。

一九一二(明治四五・大正元)年　二九歳

四月初旬、坪内逍遙の文芸協会に入会し、二日で辞める。五月、「誓言」を『新潮』に、「離魂」を『中央公論』に、九月、「微弱な権力」を『文章世界』に発表。一一月、「嘲弄」を『中央公論』に発表。

一九一三(大正二)年　三〇歳

一月、「遊女」(後に「女作者」と改題)を『新潮』に、「同性の恋」を『中央公論』に発表。三月、『新潮』が田村俊子を特集。四月、「木乃伊の口紅」を『中央公論』に掲載。初夏、下谷区谷中天王寺三四番地へ転居。一〇月、「憂鬱な匂ひ」を『中央公論』に発表。

一九一四(大正三)年　三一歳

四月、「炮烙の刑」を『中央公論』に発表、『読売新聞』「婦人附録」欄の新設にあたり、執筆陣に迎えられ、四月九日〜八月二九日「暗い空」を掲載。六月、「春の晩」を『新潮』に発表。八月、『中央公論』が田村俊子を特集。九月、

一九一五(大正四)年　三二歳
「枸杞の実の誘惑」を『文章世界』に発表。一月、「母の出発」を『文章世界』に、三月、「圧迫」を『中央公論』に発表。四月、「夜着」を『中央公論』に掲載、『小さん金五郎』を『情話新集』の第三篇として新潮社から刊行。七月、「彼女の生活」を『中央公論』に発表。

一九一六(大正五)年　三三歳
一月、「栄華」を『文章世界』に、五月、「若いこゝろ」を『新小説』に発表。六月、『お七吉三』を『情話新集』第九編として新潮社から出版。一二月、「蛇」を『中央公論』に掲載。松魚とはこの頃別居する。

一九一七(大正六)年　三四歳
五月、『新潮』が「田村俊子氏の印象」を特集。この頃は執筆に悩むと同時に鈴木悦との恋愛が芽生え、一二月、逗留先の熱海の宿から家に帰らず、悦と同居。

一九一八(大正七)年　三五歳
悦と青山穏田に隠れ住む。自作の紙人形を売り、経済の足しにした。九月、「破壊する前」を『大観』に、一〇月「闇の中に」を『中外新論』に発表。先にカナダへ渡っていた悦を追って、一〇月一一日、横浜から墨西哥《メキシコ》丸で旅立つ。一〇月二六日、ヴィクトリア着。バンクーバー東カドヴァ街一三五番地に落ち着く。

一九一九(大正八)年　三六歳
一月一日、「牧羊者」を『大陸日報』に掲載。以後、「この町に住む婦人達に」「自ら働ける婦人達に」「自己の権利」といった婦人論、短歌、詩などを『大陸日報』に発表する。

一九二三(大正一二)年　四〇歳
三月、合同教会の赤川美盈牧師によって、悦と結婚式を挙げる。

一九二四(大正一三)年　四一歳
俊子らによって通俗講話会が設立され、二月一六日、第一回講話会が開かれる。三月、新世界新聞副社長・山形繁三に招かれ、サンフランシスコに行き、『新世界新聞』に論説を発表するも、六月、バンクーバーに戻る。一〇月、悦の負傷中、民衆社に出社。

一九三〇(昭和五)年　四七歳
この間、俳句、詩などを『大陸日報』に発表する。三月、日本人労働組合婦人部の部長に就任。

一九三三(昭和八)年　五〇歳
九月一一日、前年より一時帰国中の悦が、病のため急逝。失意の中、一一月、ロスアンゼルスに移動し、一九三六年にかけて、『羅府新報』にエッセイなどを書く。

一九三六(昭和一一)年　五三歳
三月三一日、日本に帰国。六月、「一とつの夢」を『文藝春秋』に、一〇月「小さき歩み」を『改造』に、一二月、「薄光の影に寄る」を『改造』に発表。

一九三七(昭和一二)年　五四歳
この年、窪川鶴次郎と恋愛が生じる。三月、「愛は導く」を『改造』に、六月、「日本婦人運動の流れを観る」を『都新聞』に、九月、「残されたるもの」を『中央公論』に発表。母きぬが亡くなったのも、この年。

一九三八(昭和一三)年　五五歳
七月、「カリホルニア物語」を『中央公論』に、一一月、「山道」を『中央公論』に、一二月「侮蔑」を『文藝春秋』に発表。一二月、中央公論社の特派員として、中国へ旅立つ。上海から南京に移動し、さらに一九三九から一九四〇年は北京で過ごす。

一九四二(昭和一七)年　五九歳
二月、北京から南京へ移動。草野心平の斡旋により、軍部の援助を受け、五月、上海で華語女性雑誌『女聲』を創刊する。

一九四五(昭和二〇)年　六二歳
四月一三日、陶晶孫の晩餐に招かれた帰り、脳溢血で昏倒。一六日永眠。

＊年譜作成にあたっては、『現代日本文学全集56』（改造社、一九三一年）の自筆年譜、瀬戸内晴美（一九六一）、工藤美代子、S・フィリップス（一九八二）の年譜、『近代文学研究叢書55』（昭和女子大学近代文学研究室、一九八三年）、黒澤亜里子「年譜」（『田村俊子作品集』第三巻、オリジン出版センター、一九八七年）を参考にした。

■参考文献一覧

青木生子・原田夏子・岩淵宏子、二〇一〇『日本女子大学叢書5　阿部次郎をめぐる手紙――平塚らいてう／茅野雅子・蕭々／網野菊／田村俊子・鈴木悦／たち』翰林書房
浅野正道、二〇〇一・一〇「やがて終わるべき同性愛と田村俊子――『あきらめ』を中心に」『日本近代文学』
晏妮、二〇一〇『戦時日中映画交渉史』岩波書店
飯田祐子、一九九八『彼らの物語』名古屋大学出版会
飯田祐子(編)、二〇〇二『『青鞜』という場――文学・ジェンダー・〈新しい女〉』森話社
池上貞子、一九九二・七「田村俊子と関露――華字雑誌『女聲』のことなど」『文学空間』(二〇世紀文学研究会)
一柳廣孝・久米依子・内藤千珠子・吉田司雄(編)、二〇〇五『文化のなかのテクスト』双文社出版
岩田なつ、二〇〇三『文学としての『青鞜』』不二出版
岩淵宏子、二〇一〇「鈴木悦書簡　解説」青木生子・原田夏子・岩淵宏子『日本女子大学叢書5　阿部次郎をめぐる手紙――平塚らいてう／茅野雅子・蕭々／網野菊／田村俊子・鈴木悦／たち』翰林書房
岩見照代、二〇〇五・七「〈鳥の子〉の飛翔――『大陸日報』を中心に」渡邊澄子編『今という時代の田村俊子』(『国文学解釈と鑑賞』別冊)至文堂
江刺昭子、一九七六・一二「田村俊子の栄光と孤独」『創』
呉佩珍、二〇〇二「上海時代(1942―45)の佐藤(田村)俊子と中国女性作家関露――中国語女性雑誌『女聲』をめぐって」『比較文学』
呉佩珍、二〇〇三「ナショナル・アイデンティティとジェンダーの揺らぎ――佐藤俊子の日系二世を描く小説群にみる二重差別構造」筑波大学文化批評研究会編『〈翻訳〉の圏域』
呉佩珍、二〇〇五・七「北米時代と田村俊子」渡邊澄子編『今という時代の田村俊子』(『国文学解釈と鑑賞』別冊)至文堂

王紅、一九九八・六「上海時代の田村俊子――中国語の雑誌『女聲』を中心に」『中国女性史研究』
大橋毅彦・趙夢雲・竹松良明・山崎眞紀子・松本陽子・木田隆文、二〇〇八『上海１９４４―１９４５　武田泰淳『上海の蛍』注釈』双文社出版
大笹吉雄、一九八五『日本現代演劇史　明治・大正篇』白水社
尾形明子、一九八四「田村俊子『女作者』の女」『作品の中の女たち』ドメス出版
尾形明子、二〇〇五・七「田村俊子と『輝ク』」渡邊澄子編『今という時代の田村俊子』（『国文学解釈と鑑賞』別冊）至文堂
小平麻衣子、二〇〇四・三、「田村俊子『暗い空』――〈女性〉の承認と〈作家〉という職業」『女性作家《現在》』至文堂
小平麻衣子、二〇〇八ａ『女が女を演じる――文学・欲望・消費』新曜社
小平麻衣子、二〇〇八ｂ「女が女を演じる――明治四〇年代の化粧と演劇、女性作家誕生の力学」『女が女を演じる』（二章）新曜社
小平麻衣子、二〇〇八ｃ「再演される女――田村俊子『あきらめ』のジェンダー・パフォーマンス」『女が女を演じる』（三章）新曜社
小平麻衣子、二〇〇八ｄ「〈一葉〉という抑圧装置――ポルノグラフィックな文壇アイドルとの攻防」『女が女を演じる』（五章）新曜社
小平麻衣子、二〇〇八ｅ「愛の末日――平塚らいてう『峠』と呼びかけの拒否」『女が女を演じる』（六章）新曜社
小平麻衣子、二〇〇八ｆ「封じられた舞台――文芸協会『故郷』以後の女優評価をめぐって」『女が女を演じる』（十章）新曜社
小平麻衣子、二〇一一・一一「田村（佐藤）俊子・年譜の隙間――愛の書簡と文学的動向」『日本近代文学』
小平麻衣子、近刊ａ「『破壊する前』――大正教養主義的思考と〈女性〉の消去」『田村俊子研究　〈露英時代〉から『女聲』まで』ゆまに書房
小平麻衣子、近刊ｂ「田村俊子」日本近代文学館編『近代文学原稿草稿研究事典』八木書店

加藤厚子、二〇〇三『総動員体制と映画』新曜社
狩野啓子、二〇〇五・七「移民労働者の中へ（佐藤俊子・鳥の子）」渡邊澄子編『今という時代の田村俊子』（『国文学解釈と鑑賞』別冊）至文堂
姜尚中、一九九六『オリエンタリズムの彼方へ』岩波書店、（二〇〇四、岩波現代文庫）
菅野聡美、二〇〇一『消費される恋愛論——大正知識人と性』青弓社
岸陽子、二〇〇五・七「三つの『女聲』——戦時下上海に生きた女たちの軌跡」渡邊澄子編『今という時代の田村俊子』（『国文学解釈と鑑賞』別冊）至文堂
金玟姃、二〇〇六・三「『女らしさ』の表現と帝国主義——田村俊子と金明淳の作品の比較を通して」『お茶の水女子大学人間文化論叢』
久米依子、二〇一三『「少女小説」の生成——ジェンダー・ポリティクスの世紀』青弓社
工藤美代子・フィリップス、スーザン、一九八二『晩香坡の愛——田村俊子と鈴木悦』ドメス出版
クリステヴァ、ジュリア、一九八四〔原著一九八〇〕『恐怖の権力——〈アブジェクシオン〉試論』枝川昌雄訳、法政大学出版局
黒澤亜里子、一九八五a（一九八五・三）「『遊女』から『女作者』へ——田村俊子における自己定立の位置をめぐって」『法政大学大学院紀要』
黒澤亜里子、一九八五b『女の首——逆光の「智恵子抄」』ドメス出版
黒澤亜里子、一九八七・三「田村俊子ノート—平塚らいてう・森田草平の『炮烙の刑』論争を中心に」『日本文学論叢（別冊・論集1986）』（法政大学小田切ゼミナール）
黒澤亜里子、一九九一・三「田村俊子と女弟子——新発見の湯浅芳子日記・書簡をめぐって」『沖縄国際大学文学部紀要』（国文学篇）
黒澤亜里子、一九九五「近代日本文学における《両性の相剋》問題——田村俊子の『生血』に即して」脇田晴子・S.B.ハンレー編『ジェンダーの日本史』下、東大出版会
黒澤亜里子、一九九八「解説　ジェンダーと〈性〉」中山和子ほか編『ジェンダーの日本近代文学』翰林書房

黒澤亜里子、二〇〇〇「田村俊子」渡邊澄子編『女性文学を学ぶ人のために』世界思想社
黒澤亜里子、二〇一〇「解説」青木生子・原田夏子・岩淵宏子『日本女子大学叢書5　阿部次郎をめぐる手紙——平塚らいてう／茅野雅子・蕭々／網野菊／田村俊子・鈴木悦／たち』翰林書房
コープランド、リベッカ、一九九六「〈告白〉する厚化粧の顔」関根英二編『うたの響き・ものがたりの欲望』森話社
後藤康行、二〇〇六・五「中華電影の「映画工作」に関する一考察——「消極的工作」から「積極的工作」へ」『メディア史研究』
小林裕子、二〇〇五・七「寄港後の居場所」渡邊澄子編『今という時代の田村俊子——俊子新論』(『国文学解釈と鑑賞』別冊)至文堂
小林美佳、二〇〇八『性犯罪被害にあうということ』朝日新聞社(二〇一一、朝日文庫)
サイード、エドワード、一九九三［原著一九七八］『オリエンタリズム』上・下巻、今沢紀子訳、平凡社ライブラリー
坂敏弘、一九八九・七「田村俊子参考文献目録・増補〈一九八三—八八年〉」『社会文学』
坂敏弘、一九九二・八「田村俊子・野上弥生子参考文献目録・補遺(2)」『明治大学日本文学』
坂敏弘、一九九三・一一「田村俊子・野上弥生子参考文献目録・補遺(3)」『解釈学』
設楽舞、二〇〇五・七「『あきらめ』の斬新性」渡邊澄子編『今という時代の田村俊子』(『国文学解釈と鑑賞』別冊)至文堂
柴瑳予子、一九九〇・七「田村俊子『あきらめ』以前の隠れた新聞小説二篇とその文体をめぐる考察」『日本文学』
新フェミニズム批評の会(編)、一九九八『『青鞜』を読む』學藝書林
鈴木正和、一九九四a(一九九四・一)「田村俊子『女作者』論——女の闘争過程を読む」『日本文学研究』大東文化大学日本文学会
鈴木正和、一九九四b(一九九四・七)「佐藤俊子『侮蔑』を読む——異文化から見た日本への視座」(『昭和文学』

鈴木正和、一九九六・二「彷徨する〈愛〉の行方――田村俊子『生血』を読む」『近代文学研究』
鈴木正和、一九九八a（一九九八・三）「田村俊子『彼女の生活』論――語り手の捉えたもの」『日本文学論集』大東文化大学大学院
鈴木正和、一九九八b（一九九八・九）「田村俊子『彼女の生活』再考――生き続けていく優子」『葦の葉』、『近代文学研究』（二〇〇〇・二）に再録
鈴木正和、二〇〇〇a（二〇〇〇・二）「田村俊子『破壊する前』論――道子の辿り着いた地平」『近代文学研究』
鈴木正和、二〇〇〇b（二〇〇〇・三）「研究動向　田村俊子」『昭和文学研究』
鈴木正和、二〇〇五・七「『カリホルニア物語』『侮蔑』論――カナダ体験後の俊子作品にみる人権思想」渡邊澄子編『今という時代の田村俊子』（『国文学解釈と鑑賞』別冊）至文堂
ストリブラス、ピーター・ホワイト、アロン、一九九五［原著一九八六］『境界侵犯』本橋哲也訳、ありな書房
関礼子、二〇〇三「文体の端境期を生きる――新聞小説『袖頭巾』までの田村俊子」『一葉以後の女性表現』翰林書房
関谷由美子、二〇〇五・七「〈戦闘美少女〉の戦略――「木乃伊の口紅」の〈少女性〉」渡邊澄子編『今という時代の田村俊子』（『国文学解釈と鑑賞』別冊）至文堂
瀬崎圭二、二〇〇二・一二「田村俊子『彼女の生活』論――〈愛〉の行方」『同志社国文学』
瀬戸内晴美、一九六一『田村俊子』文藝春秋（ただし、「補遺」は一九六四、角川文庫による）
宋連玉、二〇〇七・三「『大陸日報』に見るナショナリズムとジェンダー意識」『青山経営論集』
ソコルスキー、アン、二〇〇三「『新しい女』とその後――田村（佐藤）俊子一九一〇年代作品と一九三〇年代作品におけるジェンダーと人種」筑波大学文化批評研究会編『〈翻訳〉の圏域』
高橋重美、一九九一・一二「跳梁するノイズ、あるいは物語の解体――田村俊子『あきらめ』の言説空間」『立教大学日本文学』
高橋重美、二〇〇一・一二「句点の問題――『露分衣』の〈一葉ばり〉検証とその文体的問題点」『日本文

学』
ダグラス、メアリ、一九九五［原著一九六六］『汚穢と禁忌』（新装版）塚本利明訳、思潮社
田中恵里菜、二〇一一「深層の非対称《アンビバレント》——『あきらめ』に潜む境界線を読む」（二〇一一年度大妻女子大学提出卒業論文）
田村紀雄、一九九二『鈴木悦——日本とカナダを結んだジャーナリスト』リブロポート
徳永夏子、二〇一〇・九「『青鞜』における自己語りの変容」『日本文学』
永井里佳、二〇〇五・七「『誓言』とその周辺」渡邊澄子編『今という時代の田村俊子』（『国文学解釈と鑑賞』別冊）至文堂
中村三春、一九九二・一一「田村俊子——愛欲の自我」『国文学　解釈と教材の研究』學燈社
中谷いずみ、二〇一三『その「民衆」とは誰なのか——ジェンダー・階級・アイデンティティ』青弓社
中山昭彦、二〇〇〇・一一「〝遊蕩文学撲滅論争〟の問題系」『日本文学』
沼田真理、二〇〇七・三「田村俊子『彼女の生活』論——〈生活〉と〈愛〉をめぐる一考察」『日本文学論叢』法政大学大学院
長谷川啓・黒澤亜里子〈解説・解題〉、一九八八a『田村俊子作品集』第二巻、オリジン出版センター
長谷川啓・黒澤亜里子〈解説・解題〉、一九八八b『田村俊子作品集』第三巻、オリジン出版センター
長谷川啓、一九九五「書くことの〈狂〉——田村俊子『女作者』」岩淵宏子ほか編『フェミニズム批評への招待』學藝書林
長谷川啓、一九九六「妻という制度への反逆——田村俊子『炮烙の刑』を読む」長谷川啓・橋本泰子編『現代女性学の探究』双文社
長谷川啓、一九九七「悪女の季節——父権制秩序への反逆者たち」栗原幸夫編『廃墟の可能性』インパクト出版会
長谷川啓、一九九八・七「初出『あきらめ』を読む——三輪の存在をめぐって」『社会文学』
畑有三、一九九〇「田村俊子作品の表現」『田村俊子作品の諸相』専修大学大学院
バトラー、ジュディス、一九九九［原著一九九〇］『ジェンダー・トラブル』竹村和子訳、青土社

羽矢みずき、二〇〇五・七「『残されたるもの』にみる少年たちの闘争」渡邊澄子編『今という時代の田村俊子』(『国文学解釈と鑑賞』別冊)至文堂
日高佳紀、二〇〇八・三「カナダで満州馬賊小説を読むということ——初期『大陸日報』と文学」『奈良教育大学　国文』
日比嘉高、二〇一四『ジャパニーズ・アメリカ』新曜社
平塚らいてう、一九七一『元始、女性は太陽であった　上』大月書店
福田はるか、二〇〇三『田村俊子——谷中天王寺町の日々』図書新聞
福田はるか、二〇〇五・七「田村俊子文学の土壌」渡邊澄子編『今という時代の田村俊子』(『国文学解釈と鑑賞』別冊)至文堂
古川誠、一九九五・一一「同性『愛』考」『imago』
古郡明子、二〇〇〇・一「〈感触〉の戯れ——田村俊子論」『上智大学国文学論集』
古郡明子、二〇〇三・九「〈感傷〉の暴力——田村俊子『蛇』と永井荷風『蛇つかひ』」『日本文学』
保昌正夫〈監修〉、青木正美〈収集・解説〉、二〇〇一『近代作家自筆原稿集』東京堂出版
丸岡秀子、一九七七『田村俊子とわたし』ドメス出版
水田宗子、一九九五「放浪する女の異郷への夢と転落——林芙美子『浮雲』」岩淵宏子ほか編『フェミニズム批評への招待』學藝書林
水田宗子、二〇〇五・七「ジェンダー構造の外部へ——田村俊子の小説」渡邊澄子編『今という時代の田村俊子』(『国文学解釈と鑑賞』別冊)至文堂
光石亜由美、一九九六・一二「〈女作者〉が性を描くとき——田村俊子の場合」『名古屋近代文学研究』
光石亜由美、一九九八・三「田村俊子『女作者』論」『山口国文』
村瀬士朗、二〇〇一・二「バイセクシュアル——田村俊子『春の晩』(小説)」(境界を越えて　恋愛のキーワード集)『國文學　解釈と教材の研究』
森井直子、二〇〇五・七「女優　佐藤露英・市川華紅」渡邊澄子編『今という時代の田村俊子』(『国文学解釈と鑑賞』別冊)至文堂

矢澤美佐紀、二〇〇五・七「『炮烙の刑』の表象世界——欲望と破壊と」渡邊澄子編『今という時代の田村
俊子』(『国文学解釈と鑑賞』別冊)至文堂
山崎眞紀子、二〇〇五a『田村俊子の世界——作品と言説空間の変容』彩流社
山崎眞紀子、二〇〇五b「女性言説の崩芽——『生血《いきち》』論」『田村俊子の世界』(二部一章)彩流社
山崎眞紀子、二〇〇五c「少女の〈性〉——『枸杞の実の誘惑』論」『田村俊子の世界』(三部一章)彩流社
山崎眞紀子、二〇〇五d「都市下層階級の女性たち——『蛇』『圧迫』論」『田村俊子の世界』(三部二章)彩流
社
山本芳明、二〇〇一『文学者はつくられる』ひつじ書房
湯浅芳子、一九六六『いっぴき狼』筑摩書房
湯浅芳子、一九七三『狼いまだ老いず』筑摩書房
横井司、一九九〇「富枝は何をあきらめたのか?——『あきらめ』試論」『田村俊子作品の諸相』専修大学大
学院
与小田隆一、二〇〇五・七「中国文学研究における『女聲』と田村俊子——伝記文学『魂帰京都—関露伝』
に見る田村(佐藤)俊子像」渡邊澄子編『今という時代の田村俊子』(『国文学解釈と鑑賞』別冊)至
文堂
吉川豊子、一九九八「「女性同性愛」という「病」とジェンダー」中山和子ほか編『ジェンダーの日本近代
文学』翰林書房
リッチ、アドリエンヌ、一九八九［原著一九八一］「強制的異性愛とレズビアン存在」『血、パン、詩。』大
島かおり訳、晶文社
呂元明、二〇〇一『中国語で残された日本文学』法政大学出版局
渡邊澄子、一九八八a(一九八八・三)「田村俊子の『女聲』について」『文学』岩波書店
渡邊澄子、一九八八b(一九八八・七)「資料紹介 佐藤(田村)俊子と『女聲』」『昭和文学研究』
渡邊澄子、一九八九・二「資料紹介 続 佐藤(田村)俊子と『女聲』」『昭和文学研究』
渡邊澄子、一九九八「田村俊子——『女聲』が見せるその晩年」『日本近代女性文学論』世界思想社

渡邊澄子（編）、二〇〇五a（二〇〇五・七）『今という時代の田村俊子――俊子新論』（『国文学解釈と鑑賞』別冊）至文堂
渡邊澄子、二〇〇五b（二〇〇五・七）「田村俊子を読み直す――天賦人権論者を生ききった新像」渡邊澄子編『今という時代の田村俊子』（『国文学解釈と鑑賞』別冊）至文堂
和田謹吾、一九六八・四「木乃伊の口紅・あきらめ」『国文学　解釈と教材の研究』

【基本資料】

『田村俊子作品集』瀬戸内寂聴・小田切秀雄・草野心平監修、全三巻、一九八七〜一九八八、オリジン出版センター
『田村俊子全集』長谷川啓・黒澤亜里子監修、全九巻＋別巻一、二〇一二〜、ゆまに書房
日本近代文学館資料叢書『文学者の手紙5　近代の女性文学者たち』二〇〇七、博文館新社
日本近代文学館資料叢書『文学者の手紙7　佐多稲子』二〇〇六、博文館新社
日本女子大学叢書『阿部次郎をめぐる手紙』二〇一〇、翰林書房
昭和女子大学近代文学研究室『近代文学研究叢書』五五巻（山岸荷葉、阪井久良伎、田村俊子、半田良平、藤井乙男）一九八三

人名索引

索引

事項索引

【著者紹介】

①経歴・所属②主な著書・論文

小平麻衣子（おだいら　まいこ）

①一九六八年生まれ。慶應義塾大学大学院文学研究科博士課程単位取得退学。博士(文学)。日本大学文理学部教授。②『女が女を演じる　文学・欲望・消費』(新曜社、二〇〇八年)、「誰が演劇の敵なのか」(『検閲の帝国　文化の統制と再生産』新曜社、二〇一四年)ほか。

内藤千珠子（ないとう　ちずこ）

①一九七三年生まれ。東京大学大学院総合文化研究科博士課程修了。博士(学術)。大妻女子大学文学部准教授。②『帝国と暗殺　ジェンダーからみる近代日本のメディア編成』(新曜社、二〇〇五年)、『小説の恋愛感触』(みすず書房、二〇一〇年)ほか。

21世紀日本文学ガイドブック❼

田村俊子

The Hituzi 21st Century Introductions to Literature　Tamura Toshiko
Maiko Odaira and Chizuko Naito

発行　二〇一四年一〇月一七日　初版一刷
定価　二〇〇〇円＋税
著者　© 小平麻衣子・内藤千珠子
発行者　松本功
カバーイラスト　山本翠
ブックデザイン　廣田稔
印刷所　三美印刷株式会社
製本所　小泉製本株式会社
発行所　株式会社 ひつじ書房
〒一一二-〇〇一一
東京都文京区千石二-一-二　大和ビル二階
Tel. 03-5319-4916　Fax. 03-5319-4917
郵便振替00120-8-142852
toiawase@hituzi.co.jp　http://www.hituzi.co.jp/
ISBN978-4-89476-514-6　C1395

21世紀日本文学ガイドブック❹

井原西鶴　中嶋隆編

【執筆者】中嶋隆・染谷智幸・森田雅也・井上和人・森耕一・野村亞住・南陽子・水上雄亮・山口貴士・六渡佳織・小野寺伸一郎・後藤重文

21世紀日本文学ガイドブック❺

松尾芭蕉　佐藤勝明編

【執筆者】佐藤勝明・伊藤善隆・中森康之・金田房子・越後敬子・大城悦子・小財陽平・黒川桃子・山形彩美・小林孔・金子俊之・永田英理・竹下義人・玉城司

各定価二〇〇〇円＋税

ひつじ研究叢書〈文学編〉4
高度経済成長期の文学
石川巧著　定価六八〇〇円＋税

ひつじ研究叢書〈文学編〉5
日本統治期台湾と帝国の〈文壇〉
――〈文学懸賞〉がつくる〈日本語文学〉
和泉司著　定価六六〇〇円＋税

ひつじ研究叢書〈文学編〉6
〈崇高〉と〈帝国〉の明治
――夏目漱石論の射程
森本隆子著　定価五八〇〇円＋税

学びのエクササイズ

文学理論　西田谷洋著

定価一四〇〇円＋税

文学を読む、論じるための主要な理論を一五の章に分け解説。国内外の研究成果をコンパクトにまとめ、興味のある章から文学理論とはどのようなものかを知ることができる一冊。

学びのエクササイズ

レトリック　森雄一著

定価一四〇〇円＋税

言葉の彩であり、説得の技術であり、物事の認識のためにも欠かせないものであるレトリック。理論から具体例まで、さまざまなレトリックを概説的に解説。